阅读之前 没有真相

午 夜 文 库

阿加莎·克里斯蒂

赫尔克里·波洛系列

阿加莎·克里斯蒂

Agatha Christie（1890—1976）

无可争议的侦探小说女王，侦探文学史上最伟大的作家之一。

阿加莎·克里斯蒂原名为阿加莎·玛丽·克拉丽莎·米勒，一八九〇年九月十五日生于英国德文郡托基的阿什菲尔德宅邸。她几乎没有接受过正规的教育，但酷爱阅读，尤其痴迷于歇洛克·福尔摩斯的故事。

第一次世界大战期间，阿加莎·克里斯蒂成了一名志愿者。战争结束后，她创作了自己的第一部侦探小说《斯泰尔斯庄园奇案》。几经周折，作品于一九二〇年正式出版，由此开启了克里斯蒂辉煌的创作生涯。一九二六年，《罗杰疑案》由哈珀柯林斯出版公司出版。这部作品一举奠定了阿加莎·克里斯蒂在侦探文学领域不可撼动的地位。之后，她又陆续出版了《东方快车谋杀案》、《ABC 谋杀案》、《尼罗河上的惨案》、《无人生还》、《阳光下的罪恶》等脍炙人口的作品。时至今日，这些作品依然是世界侦探文学宝库里最宝贵的财富。根据她的小说改编而成的舞台剧《捕鼠器》，已经成为世界上公演场次最多的剧目；而在影视改编方面，《东方快车谋杀案》为英格丽·褒曼斩获奥斯卡大奖，《尼罗河上的惨案》更是成为几代人心目中的经典。

阿加莎·克里斯蒂的创作生涯持续了五十余年，总共创作了八十余部侦探小说。她的作品畅销全世界一百多个国家和地区，累计销量已经突破二十亿册。她创造的小胡子侦探波洛和老处女侦探马普尔小姐为读者津津乐道。阿加莎·克里斯蒂是柯南·道尔之后最伟大的侦探小说作家，是侦探文学黄金时代的开创者和集大成者。一九七一年，英国女王授予克里斯蒂爵士称号，以表彰其不朽的贡献。

一九七六年一月十二日，阿加莎·克里斯蒂逝世于英国牛津郡沃灵福德家中，被安葬于牛津郡的圣玛丽教堂墓园，享年八十五岁。

波洛系列

1920 The Mysterious Affair at Styles《斯泰尔斯庄园奇案》
1923 Murder on the Links《高尔夫球场命案》
1924 Poirot Investigates《首相绑架案》
1926 The Murder of Roger Ackroyd《罗杰疑案》
1927 The Big Four《四魔头》
1928 The Mystery of the Blue Train《蓝色列车之谜》
1932 Peril at End House《悬崖山庄奇案》
1933 Lord Edgware Dies《人性记录》
1934 Murder on the Orient Express《东方快车谋杀案》
1935 Three—Act Tragedy《三幕悲剧》
1935 Death in the Clouds《云中命案》
1936 The ABC Murders《ABC 谋杀案》
1936 Murder in Mesopotamia《古墓之谜》
1936 Cards on the Table《底牌》
1937 Dumb Witness《沉默的证人》
1937 Death on the Nile《尼罗河上的惨案》
1937 Murder in the Mews《幽巷谋杀案》
1938 Appointment with Death《死亡约会》
1938 Hercule Poirot's Christmas《波洛圣诞探案记》
1940 Sad Cypress《H 庄园的午餐》
1940 One, Two, Buckle My Shoe《牙医谋杀案》
1941 Evil Under the Sun《阳光下的罪恶》
1943 Five Little Pigs《五只小猪》
1946 The Hollow《空幻之屋》
1947 The Labours of Hercules《赫尔克里·波洛的丰功伟绩》
1948 Taken at the Flood《致命遗产》
1952 Mrs. McGinty's Dead《清洁女工之死》
1953 After the Funeral《葬礼之后》
1955 Hickory Dickory Dock《山核桃大街谋杀案》
1956 Dead Man's Folly《弄假成真》
1959 Cat Among the Pigeons《鸽群中的猫》
1960 The Adventure of the Christmas Pudding《雪地上的女尸》

1963 The Clocks《怪钟疑案》

1966 Third Girl《第三个女郎》

1969 Hallowe'en Party《万圣节前夜的谋杀》

1972 Elephants Can Remember《大象的证词》

1974 Poirot's Early Stories《蒙面女人》

1975 Curtain—Poirot's Last Case《帷幕》

马普尔小姐系列

1930 The Murder at the Vicarage《寓所谜案》

1932 The Thirteen Problems《死亡草》

1942 The Body in the Library《藏书室女尸之谜》

1943 The Moving Finger《魔手》

1950 A Murder Is Announced《谋杀启事》

1952 They Do It with Mirrors《借镜杀人》

1953 A Pocket Full of Rye《黑麦奇案》

1957 4.50 from Paddington《命案目睹记》

1962 The Mirror Crack'd from Side to side《破镜谋杀案》

1964 A Caribbean Mystery《加勒比海之谜》

1965 At Bertram's Hotel《伯特伦旅馆》

1971 Nemesis《复仇女神》

1976 Sleeping Murder《沉睡谋杀案》

1979 Miss Marple's Final Cases《马普尔小姐最后的案件》

其他系列及非系列

1922 The Secret Adversary《暗藏杀机》

1924 The Man in the Brown Suit《褐衣男子》

1925 The Secret of Chimneys《烟囱别墅之谜》

1929 Partners in Crime《犯罪团伙》

1929 The Seven Dials Mystery《七面钟之谜》

1930 The Mysterious Mr. Quin《神秘的奎因先生》

1931 The Sittaford Mystery《斯塔福特疑案》

1933 The Witness for the Prosecution and Other Stories《控方证人》

1934 Why Didn't They Ask Evans?《悬崖上的谋杀》

1934 The Listerdale Mystery《金色的机遇》
1934 Parker Pyne Investigates《惊险的浪漫》
1939 Murder Is Easy《逆我者亡》
1939 And Then There Were None《无人生还》
1941 N or M?《桑苏西来客》
1944 Towards Zero《零点》
1945 Sparkling Cyanide《死亡的怀念》
1945 Death Comes as the End《死亡终局》
1949 Crooked House《怪屋》
1950 Three Blind Mice and Other Stories《三只瞎老鼠》
1951 They Came to Baghdad《他们来到巴格达》
1954 Destination Unknown《地狱之旅》
1958 Ordeal by Innocence《奉命谋杀》
1961 The Pale Horse《灰马酒店》
1967 Endless Night《长夜》
1968 By the Pricking of My Thumbs《煦阳岭的疑云》
1970 Passenger to Frankfurt《天涯过客》
1973 Postern of Fate《命运之门》
1991 Problem at Pollensa Bay《神秘的第三者》
1997 While the Light Lasts《灯火阑珊》

出版前言

纵观世界侦探文学一百七十余年的历史，如果说有谁已经超脱了这一类型文学的类型化束缚，恐怕我们只能想起两个名字——一个是虚构的人物歇洛克·福尔摩斯，而另一个便是真实的作家阿加莎·克里斯蒂。

阿加莎·克里斯蒂以她个人独特的魅力创造着侦探文学史上无数的传奇：她的创作生涯长达五十余年，一生撰写了八十余部侦探小说；她开创了侦探小说史上最著名的“黄金时代”；她让阅读从贵族走入家庭，渗透到每个人的生活中；她的作品被翻译成一百多种文字，畅销全球一百五十余个国家，作品销量与《圣经》、《莎士比亚戏剧集》同列世界畅销书前三名；她的《罗杰疑案》、《无人生还》、《东方快车谋杀案》、《尼罗河上的惨案》都是侦探小说史上的经典；她是侦探小说女王，因在侦探小说领域的独特贡献而被册封为爵士；她是侦探小说的符号和象征。她本身就是传奇。沏一杯红茶，配一张躺椅，在暖暖的阳光下读阿加莎的小说是一种生活方式，是惬意的享受，也是一种态度。

午夜文库成立之初就试图引进阿加莎的作品，但几次都与版权擦肩而过。随着午夜文库的专业化和影响力日益增强，阿加莎·克里斯蒂的版权继承人和哈珀柯林斯出版公司主动要求将版权独家授予新星出版社，并将阿加莎系列侦探小说并入午夜文库。这是对我们长期以来执着于侦探小说出版的褒奖，是对我们的信任与鼓励，更是一种压力和责任。

新版阿加莎·克里斯蒂作品由专业的侦探小说翻译家以最权威的英文版本为底本，全新翻译，并加入双语作品年表和阿加莎·克里斯蒂家族独家授权的照片、手稿等资料，力求全景展现“侦探女王”的风采与魅力。使读者不仅欣赏到作家的巧妙构思、离奇桥段和睿智语言，而且能体味到浓郁的英伦风情。

阿加莎作品的出版是一项系统工程，规模庞大，我们将努力使之臻于完美。或存在疏漏之处，欢迎方家指正。

新星出版社

午夜文库编辑部

Agatha Christie

Over the next few years, we plan to celebrate two very important Agatha Christie anniversaries. In 2015, it is the 125th anniversary of her birth in Torquay, South Devon, England, and in 2020 it will be 100 years after her first book, THE MYSTERIOUS AFFAIR AT STYLES, featuring her famous detective, Hercule Poirot, was published. This is therefore a very appropriate moment to publish a new edition of her works, and I am delighted that HarperCollins has chosen to work with New Star on these new editions. New Star is China's top crime publisher, and has a strong and dedicated editorial staff and a confirmed passion for Agatha Christie, making them the ideal partner. It is the right time to make these classic books available in modern translations and so to bring Agatha Christie's books anew to her many fans in China, giving them a new reason to re-read these much-loved stories, as well as introducing them to a whole new audience. How delighted Agatha Christie would have been that her stories (as she called them) are still giving so much pleasure to so many people all over the world!

I think there are two very remarkable things about Agatha Christie's stories. The first is that they are so adaptable. It doesn't really matter which language they appear in, the stories and the plots still give the same thrill, still provide the same puzzles, and the characters still have the same attraction. Readers in China will I am sure enjoy Hercule Poirot and Miss Marple just as much as we do in England, and readers in China will still be transfixed by the surprises and horrors of AND THEN THERE WERE NONE, one of the great classics of 20th century detective fiction, as we are here.

Agatha Christie

The second is that the stories give a wonderful picture of England, particularly rural England, at the time Agatha Christie lived. She wrote books from 1920 until 1970 but it is sometimes hard to tell which part of her life each book was written in. Her characters and the life they lived were very much the same. The life we all live is changing very quickly these days but "the Agatha Christie world stays the same." Perhaps the Miss Marple stories provide the best example of this, and in some ways THE BODY IN THE LIBRARY and NEMESIS are quite similar, despite the fact that thirty years elapsed between the time they were written.

Perhaps I might end by mentioning three Agatha Christies (other than the ones mentioned above) which I think demonstrate why she is so popular, even in the twenty-first century. The first is MURDER ON THE ORIENT EXPRESS, one of the most famous with one of the most ingenious and human plots. Read this on one of your long train journeys in China! Next is A MURDER IS ANNOUNCED, a Miss Marple which was her 50th book. It has my favourite murderer in it! And last is ENDLESS NIGHT a story about evil and how it affects three young people, written at the time when I knew her best, and understood how deeply she cared and sympathised with young people and the world they lived in.

Whichever are your favourites I hope you enjoy these stories that New Star are introducing to you again. I think it is a great publishing event.

Mathew

Grandson of Agatha Christie

Chairman of Agatha Christie Ltd

致中国读者

（午夜文库版阿加莎·克里斯蒂作品集序）

在未来的几年中，我们一直在筹备两个非常重要的关于阿加莎·克里斯蒂的纪念日。二〇一五年是她的一百二十五岁生日——她于一八九〇年出生于英国的托基市；二〇二〇年则是她的处女作《斯泰尔斯庄园奇案》问世一百周年的日子，她笔下最著名的侦探赫尔克里·波洛就是在这本书中首次登场。因此新星出版社为中国读者们推出全新版本的克里斯蒂作品正是恰逢其时，而且我很高兴哈珀柯林斯选择了新星来出版这一全新版本。新星出版社是中国最好的侦探小说出版机构，拥有强大而且专业的编辑团队，并且对阿加莎·克里斯蒂的作品极有热情，这使得他们成为我们最理想的合作伙伴。如今正是一个良机，可以将这些经典作品重新翻译为更现代、更权威的版本，带给她的中国书迷，让大家有理由重温这些备受喜爱的故事，同时也可以将它们介绍给新的读者。如果阿加莎·克里斯蒂知道她的小故事们（她这样称呼自己的这些作品）仍然能给世界上这么多人带来如此巨大的阅读享受，该有多么高兴啊！

我认为阿加莎·克里斯蒂的作品有两个非常重要的特征。首先它们是非常易于理解的。无论以哪种语言呈现，故事和情节都同样惊险刺激，呈现给读者的谜团都同样精彩，而书中人物的魅力也丝毫不受影响。我完全可以肯定，中国的读者能够像我们英国人一样充分享受赫尔克里·波洛和马普尔小姐带来的乐趣；中国读者也会和我们一样，读到二十世纪最伟大的侦探经典作品——比如《无人生还》——的时候，被震惊和恐惧牢牢钉在原地。

第二个特征是这些故事给我们展开了一幅英格兰的精彩画卷，特别是阿加莎·克里斯蒂那个年代的英国乡村。她的作品写于上世纪二十年代至七十年代间，不过有时候很难说清楚每一本书是在她人生中的哪一段日子里写下的。她笔下的人物，以及他们的生活，多多少少都有些相似。如今，我们的生活瞬息万变，但"阿加莎·克里斯蒂的世界"依旧永恒。也许马普尔小姐的故事提供了最好的范例：《藏书室女尸之谜》与《复仇女神》看起来颇为相似，但实际上它们的创作年代竟然相差了三十年。

最后，我想提三本书，在我心目中（除了上面提过的几本之外）这几本最能说明克里斯蒂为什么能够一直受到大家的喜爱。首先是《东方快车谋杀案》，最著名，也是最机智巧妙、最有人性的一本。当你在中国乘火车长途旅行时，不妨拿出来读读吧！第二本是《谋杀启事》，一个马普尔小姐系列的故事，也是克里斯蒂的第五十本著作。这本书里的诡计是我个人最喜欢的。最后是《长夜》，一个关于邪恶如何影响三个年轻人生活的故事。这本书的写作时间正是我最了解她的时候。我能体会到她对年轻人以及他们生活的世界关心至深。

现在新星出版社重新将这些故事奉献给了读者。无论你最爱的是哪一本，我都希望你能感受到这份快乐。我相信这是出版界的一件盛事。

阿加莎·克里斯蒂外孙

阿加莎·克里斯蒂有限责任公司董事长

马修·普理查德

二〇一三年二月二十日

东方快车谋杀案

Murder on the Orient Express

Agatha Christie®

[英]阿加莎·克里斯蒂 著
郑桥 译

新 星 出 版 社 NEW STAR PRESS

献给M.E.L.M[①]

阿尔帕契亚，1933年

---

① M.E.L.M 指阿加莎·克里斯蒂的第二任丈夫马克斯·埃德加·卢希安·马洛温（Max Edgar Lucien Mallowan）。阿尔帕契亚是伊拉克一处考古挖掘点，当时马克斯的工作之处。

目 录

目录

第一部　事实

第一章　托罗斯快车上的重要旅客

叙利亚的冬季，清晨五点钟，阿勒颇[①]站台旁停着一辆在铁路指南上美其名曰托罗斯快车的火车，上面有一节厨房车、一节餐车、一节卧铺车厢和两节普通客车厢。

通向卧铺车厢的踏板旁边，站着一个年轻的法国中尉，穿着一身醒目的制服，正在跟一个矮个子男人说着什么。后者用围巾把脑袋裹得严严实实的，只露出一个红彤彤的鼻尖和两撇向上翘起的小胡子。

天气寒冷，为一位高贵的陌生人送行这份工作可不怎么令人羡慕，但中尉迪博斯克还是勇敢地坚守在岗位上，用优雅的法语说着优美的词句。实际上，他并不明白这一切究竟是怎么回事。当然，在这种情况下总有一些谣言。将军——他的将军——的脾气越来越坏。然后来了一个陌生的比利时人，好像是大老远从英国过来的。过了一星期——无缘无故紧张的一星期——再后来发生了某些事，

①叙利亚西北部城市。

一位很有名的军官自杀了，另外一位突然宣布辞职，那些焦虑的脸上忽然没有了焦虑，一些军事防御措施也放松了，而将军，迪博斯克中尉的顶头上司，好像忽然年轻了十岁。

迪博斯克偶然听到了将军和陌生人的一部分谈话。“你救了我们，亲爱的，”将军充满感情地说，白色的大胡子激动得直哆嗦，“你挽救了法国军队的荣誉，避免了很多流血事件！你接受了我的请求，我该怎么感谢你才好啊！你这么远过来——”

这个陌生人（他的名字是赫尔克里·波洛）回答得很得体，其中有这么一句：“可你确实救过我的命，我怎么能忘记呢？”接着将军也很得体地做了回答，表示过去的那件事不值一提。又提到了法国、比利时、光荣与荣耀诸如此类的话题，彼此热情拥抱之后结束了谈话。

至于两个人说的究竟是什么，迪博斯克中尉仍然是摸不着头脑，但是他被委以重任，护送波洛先生登上托罗斯快车，作为一位有着远大前程的青年军官，他怀着满腔热情执行这一任务。

“今天是星期日，”迪博斯克中尉说，“明天，星期一晚上，您就到斯坦布尔[①]了。”

他不是头一次这么说了。火车发动之前，站台上的对

---

①斯坦布尔（Stambul），曾为土耳其城市名，旧时又称“斯坦堡”。现为伊斯坦布尔南部的老城区。

话多少会有些重复。

“是啊。”波洛先生表示赞同。

“我想，您打算在那儿待几天吧？”

“没错。我从没去过斯坦布尔，错过了会很遗憾的——是的。”他说明似的打了个响指，“没有负担——我会在那儿游览几天。”

“圣索菲，很漂亮。”迪博斯克中尉说，不过他可从来没见过。

一阵冷风呼啸着吹过站台，两人都打了个冷战。迪博斯克中尉偷偷地瞄了一眼手表。四点五十五分——只有五分钟了！

他唯恐对方注意到他偷看手表，赶紧继续说道：

“每年这个时候，旅行的人都很少。”他说着，看了看他们上方的卧铺车窗。

“是这样。”波洛先生附和道。

“但愿您别被大雪困在托罗斯！”

“以前有过吗？”

“有过，是的。今年还没有。”

“但愿吧，”波洛先生说，“欧洲来的天气预报，说不太好。”

“很糟糕，巴尔干的雪下得很大。”

“我听说德国也是。”

“好吧，”对话又要中断了，迪博斯克中尉赶紧说道，

"明晚七点四十分，您就到君士坦丁堡了。"

"是的，"波洛先生说，拼命接着话茬儿，"圣索菲，我听说很漂亮。"

"我相信肯定棒极了。"

他们头顶上一节卧铺车厢的窗帘被拉到一边，一个年轻的女人往外看了看。

自从上个星期四离开巴格达之后，玛丽·德贝纳姆就睡眠不足，不管是在去往基尔库克[①]的火车上，还是摩苏尔[②]的旅店中，甚至在昨晚的火车上，她都没睡好。这会儿，躺在闷热不通风的车厢里睡不着，实在让人厌烦，于是她起身向外张望。

这一定是阿勒颇。当然没什么好看的，只有一个长长的、光线暗淡的站台，以及不知从何处传来的喧闹而暴怒的阿拉伯语吵骂声。她窗户下面有两个男人正在用法语交谈，其中一位是个法国军官，另一位是个留着夸张小胡子的小个子。她微微笑了笑。她从未见过穿得如此严实的人。外面肯定非常冷，难怪他们把车厢弄得这么热。她想把车窗拉低一点，可是拉不动。

卧铺车的列车员向两个男人走来，说火车就要开了，先生最好上车。小个子男人抬了抬帽子。他的脑袋简直就像一颗鸡蛋！尽管之前有些出神，玛丽·德贝纳姆还是笑

①基尔库克（Kirkuk），伊拉克东北部城市。

②摩苏尔（Mosul），伊拉克北部城市。

了。一个滑稽可笑的小个子，无须把这种人当回事儿。

迪博斯克中尉说着道别的话，他早就想好了，直到最后一分钟终于派上了用场，说得很是漂亮优雅。

波洛先生不甘落后，回答得同样优美……

“请上车，先生。”卧铺列车员说道。波洛先生装出一副万般不舍的样子上了火车。列车员跟在他身后也爬上了火车。波洛先生挥动着双手。迪博斯克中尉向他敬礼。火车猛地一动，缓缓向前开去。

“可算结束了！”波洛先生嘟囔着。

“啊——”迪博斯克中尉颤抖着说，这才意识到自己冻坏了……

“好了，先生，”列车员动作夸张地向波洛展示他卧铺车厢的美观以及安置整齐的行李，“先生的小旅行袋，我放这儿了。”

他带有暗示意味地伸出一只手。波洛往他手里放了一张折好的钞票。

“谢谢，先生。”列车员立刻生机勃勃起来，一副郑重其事的样子，“先生的车票在我这里，请您把护照也给我。先生是在斯坦布尔下车吧？”

波洛先生点了点头。“我看旅行的人不太多呢。”

“没几个，先生。除了您，只有两位旅客——都是英国人。来自印度的上校和从巴格达来的年轻的英国小姐。先生您需要些什么吗？”

波洛先生要了一小瓶矿泉水。

清晨五点钟搭乘火车是个尴尬的时刻。还有两个小时才会天亮，考虑到晚上睡眠不足，并且刚刚成功地完成了一个棘手的任务，波洛先生蜷在角落里睡着了。

醒来时已经是九点半，他冲进餐车，想喝杯热咖啡。

此时那里只有一个旅客，很明显是列车员说的那位年轻的英国小姐。她身材修长苗条，黑色的头发，二十八岁上下。从她吃早饭以及让服务员添加咖啡的冷静样子来看，想必是个见多识广、经常旅行的人。她一身暗色的旅行装束，料子轻薄，很适合车上闷热的空气。

赫尔克里 · 波洛先生无事可做，为了打发时间，就装作若无其事地观察起她来。

他判断，她是那种无论在哪儿都能照顾好自己的年轻女人，沉着能干。他尤其喜欢她那极为端正的五官和细致白皙的皮肤，也喜欢她那顺滑整洁的黑发，还有她那双冷淡的灰色眼睛。不过，她看起来太干练了，不是他心目中的“美女”。

没过多久，另一个人走进了餐车。这是个四五十岁的高个子男人，身形偏瘦，棕色皮肤，两鬓略有些斑白。

“印度来的上校。”波洛自言自语道。

新来的人对女子微微鞠了一躬。

“早上好，德贝纳姆小姐。”

“早上好，阿巴思诺特上校。”

上校站住了，一只手搭在她对面的椅子上。

“你介意吗？”他问。

“当然不。请坐。”

“呃，你知道，早饭可不是聊天的好时间。”

“正合我意。不过我不会咬人的。”

上校坐了下来。

“服务员！”他专横地命令道。

他点了鸡蛋和咖啡。

他的视线在赫尔克里·波洛身上短暂地停顿了片刻，又毫不在意地移开了。波洛明白这个英国人的想法，知道他准会这么自言自语：“只不过是个该死的外国佬。”

不愧是这个民族的，两个英国人并没有闲聊，只是简单地说了两句，女子就起身回自己的车厢了。

午饭时，那两个人又坐在了同一张桌子旁边，仍然无视第三个旅客。他们的谈话比早饭时活跃了一些。阿巴思诺特上校说到了旁遮普[①]，还间或询问了对方几个关于巴格达的问题。很明显，她在那儿当过家庭教师。谈话中他们发现了几个彼此共同的朋友，这立刻使二人友好起来，不再那么拘束了。他们提到了一个叫老汤米的人，还有一个老雷吉。上校问她是直接去英国还是在斯坦布尔下车。

“我直接去英国。”

---

①印巴交接的一个地区。

“那岂不是很遗憾？”

“两年前我也坐过这趟车，那时候在斯坦布尔度过了三天。”

“哦，我明白了，我得说很高兴你直接去英国，因为我也是。”

他略显笨拙地欠了欠身，脸色有点发红。

“我们的上校很容易动感情啊。”赫尔克里·波洛饶有兴致地想，“这趟火车跟在海上航行一样危险！”

德贝纳姆小姐淡然地说那很不错，她的态度有些克制。

波洛注意到上校陪她回了她的车厢。后来，他们穿行在托罗斯壮丽的景色之中，两人肩并肩地站在过道上，俯瞰奇里乞亚门[①]时，女子忽然叹了口气。波洛正站在他们旁边，听到她低声说道：

“真美啊，我希望——我希望——”

“什么？”

“我希望自己能欣赏它！”

阿巴思诺特没有应答。他下巴的那条方形线条似乎更加严峻、冷酷了。

“希望上帝让你摆脱这一切。”他说道。

“嘘，请别说了。”

“哦，好吧。”他有点气恼地向波洛这边扫了一眼，然

①奇里乞亚门，土耳其南部托罗斯山中的一个重要山口。

后说道，“不过我不喜欢你当家庭教师这个想法——对那些专横的妈妈和她们讨厌的小鬼唯命是从。”

她笑了，声音有些失控。

“不，你不能这么想。家庭教师‘饱受压迫’，是个已经被推翻了的传说。那些父母还怕被我欺负呢。”

两人没再说话。也许阿巴思诺特对自己的感情爆发感到羞愧。

“我在这儿看到了一幕奇怪的小喜剧。”波洛沉思着自言自语道。

他以后会记起这个想法的。

那晚大约十一点半的时候，他们抵达科尼亚[1]，那两个英国旅客下车伸展四肢，在布满积雪的站台上走来走去。

波洛先生乐于透过玻璃窗观察车站上拥挤的情形。然而大约十分钟后，他觉得呼吸一下新鲜空气兴许不是件坏事，于是他仔细地准备了一番，用好几件大衣把自己裹严，围上围巾，又在整洁的靴子外面套上胶套鞋。穿戴完毕，他小心翼翼地走到站台上，一路向车头走去。

一阵声音让他认出了站在货车厢阴影中的两个模糊的人影。阿巴思诺特正在说着：

“玛丽——”

女子打断了他。

①科尼亚，土耳其城市。

“不是现在，不是现在。等一切都结束了，等事情过去了，再——”

波洛先生小心地转身走开了，暗自纳闷……

他差点没听出来德贝纳姆小姐那冷淡而干练的声音……

“奇怪。”他自言自语道。

第二天，不知道他们是否发生过口角，两人没怎么说话。他感觉那位姑娘心事重重的，眼睛周围也有了青晕。

大约下午两点半时，火车忽然停了。大家都把脑袋探出窗外，几个人聚在轨道旁，看着餐车下方，还指指点点的。

波洛也探出头，询问匆匆经过的列车员。那人回答完，波洛缩回脑袋，转过身，差点撞到站在他身后的玛丽·德贝纳姆小姐。

“怎么了？”她急促地用法语问道，“为什么停车了？”

“没事，小姐，餐车下面有什么东西着火了，火势不严重，已经熄灭了，他们正在抢修。别担心，没有危险。”

她做了个不太淑女的手势，仿佛想把危险事故丢到一边，把那当作无关紧要的事。

“是的，是的，我明白，可是，时间！”

“时间？”

“没错，会延误的。”

“有可能——没错。”波洛同意道。

“可我们不能误点！火车应该在六点五十五分到达，可我还得穿过博斯普鲁斯海峡[①]，到对岸去坐九点钟的辛普朗东方快车，如果晚一两个小时，就赶不上那趟列车了。”

“有可能——没错。”他承认道。

他好奇地看着她。她握着窗口栏杆的那只手有些不稳，嘴唇也在哆嗦着。

“这对你很重要吗，小姐？”他问。

“嗯嗯，很重要。我——我必须赶上那趟车。”

她从他身边走开，去过道找阿巴思诺特上校了。

然而她完全没有必要担忧。十分钟之后火车又开动了。到海德帕萨时只晚了五分钟，损失的时间在途中补了回来。

博斯普鲁斯海峡风高浪急，波洛先生很不舒服，他在船上和同行的旅伴分开了，没有再见到他们。

到达加拉塔大桥后，他径直坐车去了托卡林旅馆。

①欧洲与亚洲交界，北连黑海，南通马尔马拉海。

第二章　托卡林旅馆

在托卡林，波洛要了一个带浴室的房间，接着走向门房的写字桌，问有没有他的信件。

有三封信和一封电报。看见电报时，他微微抬了抬眉毛。这是他没有料到的。

他像平时那样灵巧从容地打开电报，印刷的电文字字清晰：

你预测的卡斯纳案件有了突破进展，请速回。

"烦人。"波洛气恼地咕哝着，看了一眼挂钟，"我今晚就得走，"他对门房说，"辛普朗东方快车什么时候开？"

"九点，先生。"

"你能帮我买张卧铺票吗？"

"没问题，先生，每年这个时候都不难买票，火车差不多都是空的。头等厢还是二等厢？"

"头等。"

“好的，先生。您要去哪儿？”

“伦敦。”

“好的，先生。我会给您买一张到伦敦的票，在斯坦布尔－加来车厢为您订个卧铺。”

波洛又看了一眼挂钟，七点五十分。“我来得及吃饭吗？”

“肯定来得及，先生。”

比利时小个子点点头。他退了房，穿过门厅来到餐厅。

点餐时，有一只手搭在了他的肩膀上。

“啊，老朋友，这真是个意外的惊喜！”他身后传来一个声音。

说话的是个矮胖老人，头发像刷子般支棱着，正开心地笑着。

波洛跳了起来。

“布克先生！”

“波洛先生！”

布克先生是比利时人，国际客车公司的董事，跟这位比利时警方的昨日之星相识多年。

“这次算是离家远行了吧，亲爱的？”布克先生说道。

“在叙利亚有点小事。”

“啊，所以你是要回家了？什么时候？”

“今晚。”

“太好了！我也是。我要去洛桑[1]办些事，你是要坐辛普朗东方快车吗？”

“是的，我刚刚让他们买了一张卧铺票，本来打算在这儿待几天。可我又接到一封电报，说有重要的事要我回英国。”

“唉，”布克先生叹了口气，“重要的事，重要的事！如今你在你们那行算是登峰造极了，老朋友！”

“可能是有那么点微不足道的小成就。”赫尔克里·波洛极力让自己显得很谦虚，但显然失败了。

布克先生大笑。

“待会儿见。”他说。

赫尔克里·波洛小心翼翼地不让自己那撮胡子沾到汤汁。

完成这个艰巨的任务之后，波洛环视四周，等着他的下一道菜。餐厅里只有六个人，其中两个人引起了赫尔克里·波洛的注意。

这两个人坐在离他不远的桌子旁，年轻一点儿的三十岁上下，长相讨喜，明显是个美国人。然而让这个小个子侦探感兴趣的却是他的同伴。

这个男人有六七十岁，从远处看，俨然一副慈善家的和善面孔，有点秃顶，圆圆的额头，微笑起来露出一排洁

①瑞士西部城市，在日内瓦湖北岸。

白的假牙——这些都展示了他随和的性格。只是那双小眼睛露了馅儿——眼窝深陷，眼神十分狡诈。还不止这些。他跟他年轻的同伴说话时，扫了一眼房间，瞪了波洛片刻，就在这一瞬间，脸上流露出一种奇怪的恶毒神情，透着不自然的紧张。

随后，他站起身。

“结账去，赫克托。”他说。

他的声音有些沙哑，柔软中含有古怪和危险的意味。

波洛在休息室遇见他的朋友时，之前那两个人正准备离开旅馆。他们的行李被送到了楼下，年轻的那位在打理这些事，没多久，他打开玻璃门，说道：

“都准备妥当了，雷切特先生。”

那老人咕哝了一声表示知道了，接着便走了出去。

“那么，”波洛说，“你怎么看这两个人？”

“他们是美国人。”布克先生说。

“的确是美国人。我是说，对他们的性格你怎么看？”

“那个年轻人挺有礼貌的。”

“另一个呢？”

“实话说，我的朋友，我没怎么留意他。他给我的印象不太好。你觉得呢？”

赫尔克里·波洛停了一会儿，才回答了这个问题。

“在餐厅他从我身边经过时，”他终于开口了，“我有种奇怪的感觉。就好像是一只野兽，一只凶残的野兽，从我身边窜了过去。凶残的，你明白吗？”

“可他看起来是一副受人尊敬的样子。”

“没错！他的身体——那笼子——怎么看都那么令人尊敬，可是透过栏杆，那只野兽却在盯着你。”

“你的想象力真丰富，我的朋友。”布克先生说道。

“也许是吧，可我怎么也摆脱不了邪恶跟我擦肩而过的感觉。”

“那位可敬的美国绅士吗？”

“就是那位可敬的美国绅士。”

“好啦，”布克先生愉快地说，“可能你说得对。这世界上的邪恶太多了。”

就在这时，门开了，门房朝他们走来，一脸忧虑和抱歉。

“太不寻常了，先生，”他对波洛说，“火车上没有头等厢卧铺票了。”

“什么？”布克先生喊出了声，“这时候？肯定是旅游团，还是政客出访什么的——”

“我不清楚，先生，”门房恭敬地对他转过身，说道，“可的确是这样。”

“好吧，好吧，”布克先生转身对波洛说，“别担心，我的朋友，我们会安排好的。十六号卧铺房总是空的，那是列车员说了算的！”他笑了笑，看了一眼挂钟，“走吧，”他说，“我们出发。”

布克先生在火车站受到了身穿棕色制服的列车员的真挚欢迎。

“晚上好，先生，您在一号房间。”

他叫了搬运工，在半途中接过他们的行李，一路沿着车厢走过去，车身上的贴牌注明了目的地：

斯坦布尔—的里雅斯特[①]—加来

“我听说今天的卧铺都满了？”

“太不可思议了，先生，全世界的人都选择在今晚出行！”

“不管怎样你都得帮这位先生找一间卧铺房，他是我的朋友，他可以住在十六号房。”

“已经有人了，先生。”

“什么？十六号？”

他们心照不宣地交换了个眼神，列车员笑了。他是个脸色发黄的高个子中年人。

“是的，先生，就像我跟您说的那样，车里已经满满的了——到处都是人。”

“怎么回事？”布克先生气呼呼地质问道，“是什么地方开会吗？还是旅游团？”

---

①意大利东北部边境港口城市。

“不是的，先生，这纯属巧合。刚好很多人都选择了今晚搭这趟火车。”

布克先生生气地感叹了几声。

“在贝尔格莱德[①]，”他说，“会加一节从雅典开过来的车厢，还有一节布加勒斯特[②]到巴黎的车厢。可我们明天晚上才能到贝尔格莱德，今晚是个问题。二等卧铺也没有空位了吗？”

“二等卧铺有一个，先生——”

“好，那就——”

“但那是个女士卧铺，而且已经有一位德国女士在里面了——一个女仆。”

“哎呀，真不巧。”布克先生说。

“别烦恼了，我的朋友，”波洛说，“我坐普通车厢就行。”

“不行，不行，”他再次转向列车员，“旅客都到齐了吗？”

“其实，”那人说，“还有一位旅客没到。”他面带迟疑，慢吞吞地说。

“说下去！”

“二等卧铺的七号房。现在差四分钟九点，这位先生还没来。”

---

①塞尔维亚首都。

②罗马尼亚首都。

“是谁？”

“一个英国人，”列车员查了查他的名单，“姓哈里斯。”

“这名字是个好兆头，”波洛说，“根据我的狄更斯小说，这位哈里斯先生不会来了。”

“把这位先生的行李搬到七号房间，”布克先生说，“如果哈里斯先生来了，就跟他说已经晚了，卧铺不能为他留太久，到时我们再设法另行安排。我干吗要在乎这位哈里斯先生呢？”

“全听您的吩咐。”列车员说。接着他给波洛的搬运工指了路，自己则闪到车厢踏板的一边，请波洛上火车。

“最里面倒数第二间，先生。”他喊道。

波洛缓缓地沿着过道走过去，大部分旅客在自己房间外面站着。

他像钟表那样有规律且礼貌地说着“对不起”，最后终于走到了指定的房间，里面有人正伸手拿行李，正是在托卡斯旅馆见到的那个年轻的高个子的美国人。

看见波洛进来，他皱了皱眉。

“对不起，”他说，“我想你弄错了。”接着又用法语费力地重复了一遍。

波洛用英语回答他：“你是哈里斯先生吗？”

“不，我叫麦奎因。我——”

但就在这时，列车员的声音从波洛肩头传了过来——

带有歉意而且急促的声音。

“火车上没有别的卧铺了，先生，这位先生只能住在这儿了。”

说这话时，他拉起了过道上的窗户，把波洛的行李拎了进来。

波洛对列车员语气中的歉意饶有兴致。这人肯定答应给列车员一笔不菲的小费，好让自己不受其他旅客的打扰，独自享用这个房间。可是，再慷慨的小费也不顶用了，因为公司的董事上了火车并下达了命令。

列车员把箱子放在行李架上，然后走出了房间。

“都放好了，先生，”他说，“您住上铺，七号房，火车一分钟后就开动了。”

说完，他便沿着过道匆匆走开。波洛走进房间。

“我可从没见过列车员亲自摆放行李，”波洛愉快地说，“真是闻所未闻！”

这位旅伴笑了笑。显然他已经忘记了刚才的不快——也许他觉得再追究此事也没什么意义了。“这列火车真是座无虚席啊！”他说。

随着汽笛一声巨响，火车头也凄凉地长啸一声。两人都从房间来到过道上，外面有个声音大喊：“上车！”

“车开了。”麦奎因说。

但火车并没有开动，又传来一声汽笛。

“我说，先生，”年轻人忽然开口了，“如果你愿意睡下铺——如果方便的话——别客气，我都行。”

真是个可爱的小伙子。

“不，不，”波洛谢绝道，“我不能——”

“没关系——”

“你太客气了——”

两人谦让着。

“只是一个晚上，”波洛解释道，“到贝尔格莱德——”

“哦，我明白了。你在贝尔格莱德下车——”

“也不全是。你知道——”

火车猛然一动，两人被晃到窗口，看到灯火通明的站台缓缓地从他们身边远去。

东方快车开始了为期三天的贯穿欧洲之旅。

第三章　波洛拒接案子

第二天，波洛稍晚了一些才去餐车吃午饭。他起得很早，一个人吃了早饭，整个上午都在阅读那些让他回伦敦办案的文件，没怎么见过他的旅伴。

布克先生已经坐在了桌边，招呼波洛坐在对面的空位上。波洛坐了下来，马上发现自己正坐在最佳的位置上——头一个享受餐点，而且种类丰富，味道出奇的好。

直到他们开始享用美味的奶油干酪时，布克先生的注意力才从美味佳肴转移到其他事物上来。人在吃饭的时候感慨最多了。

“啊，”他叹口气，“如果我有巴尔扎克的文笔，就能好好描述一下这番景象了。”他挥挥手。

“是个不错的想法。”波洛说。

“啊？你也同意？我想还没人写过吧？不过——这适合传奇的氛围，我的朋友。我们周围的人，不同的阶层、不同的国籍、不同的年龄段，三天的旅程把这些互不相识的人聚集在一起，在同一个屋檐下吃住，谁也离不开谁，三天后，他们各奔东西，也许再也不会见面了。”

“除非，”波洛说，“发生什么事故……”

“啊，不，我的朋友……”

“你觉得这很糟，我同意。我们只是暂且假设一下，那么，这儿的所有人没准就——被死亡——联系在一起了。”

“再来点儿酒吧，”布克先生说着，急忙斟酒，“你太吓人了，我的朋友，也许是消化不良了。”

“确实，”波洛同意道，“叙利亚的食物也许不太适合我的胃。”

他抿了口酒，然后向后一靠，环视着餐厅陷入沉思。这里坐了十三个人，正如布克先生所说，来自不同的阶层和国家。他开始研究起他们来。

他们对面那一桌坐着三个男人，他猜他们三个是独自旅行的，经过餐车服务员的准确判断之后被安排在这里。一个高大而黝黑的意大利人正起劲儿地剔着牙，他对面是个瘦削而整洁的英国人，一看就知道是个受过良好训练的仆人，一脸不以为然的神情。英国人旁边是个大块头美国人，穿着俗气的西装——可能是个旅行推销员。

“要做就做大！”他声音洪亮，鼻音浓重。

意大利人拔出牙签，随意地捏着。

“当然，”他说，“只是时间问题。”

英国人看着窗外咳嗽了几声。

波洛转过视线。

在一张小桌子旁边，笔挺地坐着一位他见所未见的丑到极点的老太太。那是一种显而易见的丑陋，与其说令人厌恶，还不如说是令人不解。她腰板儿挺得很直，脖子上戴着一条硕大的珍珠项链，看着不像是真的。两只手戴满了戒指。貂皮大衣披在肩上，一顶小巧、珍贵的无檐丝绒帽和下面那张蜡黄的、癞蛤蟆似的脸极不相称。

她正在跟餐车服务员说话，声音清晰、礼貌，但透着一种专横。

“劳驾，请在我的房间放一瓶矿泉水和一大杯橙汁，晚餐我要炖鸡肉，不加盐——再要一点白煮鱼。”

服务员恭敬地回答会照做的。

她礼貌性地微微一点头，站起身来，正好迎上了波洛的目光。她一副贵妇的气派，冷漠地扫了他一眼。

“那是德拉戈米罗夫公主，”布克先生小声说道，“是个俄国人。她丈夫在革命前变现了所有的钱，投资到海外，如今她非常富有，环游世界，四海为家。”

波洛点点头，他听说过德拉戈米罗夫公主。

“是个名人，”布克先生说，“丑成那副样子还要引人注目，对吧？”

波洛表示认同。

在另外一张大桌子旁边，玛丽·德贝纳姆和另外两个女人坐在一起。其中一个是高个子的中年妇女，穿着方格子上衣和粗花呢裙子，一头浅黄色的头发像个大面包似的奇怪地盘在脑后。她戴着眼镜，一张和蔼可亲的长脸像山羊脸，正在听一个结实的、满脸笑容的老女人说话。后者的声音清晰缓慢而单调，完全没有停下来喘口气的意思。

“……所以我女儿说，‘唉，’她说，‘美国的方法在这儿行不通。懒惰是这个民族的本性。’她说：‘他们没有一点精神头——’你要是知道我们那儿的大学的情形，肯定会很惊讶。他们有一批优秀的教师，没什么比教育还重要。我们应该教东方人认清我们西方的思想。我女儿说……”

列车钻进隧道，乏味单调的声音淹没在其中。

旁边一张小桌旁坐着阿巴思诺特上校，独自一人。他紧紧地盯着玛丽·德贝纳姆的后脑勺儿。他们没有坐在一起。可其实座位并不难安排。为什么呢？

波洛想，也许是玛丽·德贝纳姆不愿意。家庭教师是很小心的，外表举止很重要。一个靠此生活的女孩得格外谨慎。

他的视线转向了车厢的另一边。尽头靠着墙壁，坐着一位身穿黑衣、面无表情的宽脸中年妇女。他猜也许是德国人或斯堪的纳维亚人。多半是那个德国女仆。

波洛的目光越过她，看到一对身体前倾、谈笑风生的情侣。男人穿着宽松的花呢英式服装，但不是英国人。波洛只能看见他的后脑，但是脑袋的形状和肩膀的模样，透露出此人身形魁梧匀称。他突然转过头，波洛看到了他的侧面。一个三十多岁的男人，相貌英俊，蓄着一大撮漂亮的胡子。

他对面的那位是个妙龄女郎——也就二十岁。她穿着黑色紧身的小外套和裙子，白缎衬衫，小巧时髦的黑帽子很别扭地戴在头上。她长着一张精致的外国人的脸，皮肤白皙，棕色的大眼睛，乌黑的头发，修剪精致、涂着深红色指甲油的手指夹着一根长烟嘴香烟，戴着一枚镶祖母绿的白金戒指。无论长相还是声音，都十分娇媚。

“很漂亮啊，”波洛嘀咕着，“是夫妻吗？”

布克先生点点头。

“我想是匈牙利大使馆的，”他说，“天造地设的一对。”

还有两个人在吃午饭——波洛的旅伴麦奎因和他的主人雷切特先生。后者面朝波洛坐着，于是波洛再一次研究起那张讨人厌的脸来，那对眉毛和恶毒的小眼睛都流露出假仁假义。

不用说，布克先生看出了老朋友的表情变化。

“你在看你的野兽吧？”他问。

波洛点点头。

波洛的咖啡端上来时，布克先生站起身，他比波洛吃得早，结束得也早。

“我回房间了，”他说，“等一会儿过来聊天吧。”

“非常乐意。”

波洛啜着咖啡，还点了一杯甜酒。服务员捧着他的钱盒子各个桌子收费。这时，那位年长的美国太太尖利而哀怨地说了起来：

“我女儿说：‘买本餐券就省得麻烦了——一了百了。’现在可不是这样了。得付一成的小费才给一瓶矿泉水——还有股子怪味道。而且他们连依云和薇姿都没有，真是奇怪。”

“没错——他们只能——你怎么说的来着——提供本国的水。”山羊脸太太解释说。

“哼，真是奇怪。”她十分不满地看着桌上那些找给她的零钱，“看看他给我的这些形状奇怪的玩意儿，第纳尔[①]还是什么，看着就像堆垃圾！我女儿说——”

玛丽·德贝纳姆向后推开椅子，站起身向另外两人微微点一点头，走了。阿巴思诺特上校也起身跟在后面出去了。那位美国太太收起了她十分厌恶的零钱，和山羊脸太太一前一后地走了。那对匈牙利恋人也离开了。除了波洛、雷切特和麦奎因，餐厅里别无他人了。

雷切特跟他的同伴说了几句话，那人便站起来离开了餐厅。接着，他也站了起来，但没有和麦奎因一同出去，而是出人意料地坐在了波洛对面的椅子上。

①第纳尔，南斯拉夫、伊拉克、利比亚及阿尔及利亚等国的货币单位。

“能借个火吗？”他说，声音很柔和，还有点鼻音，“我姓雷切特。”

波洛微微欠了欠身，伸手进口袋掏出一盒火柴递了过去，可对方接过去后并未点燃。

“我想，”他接着说，“我有幸跟赫赫有名的赫尔克里·波洛先生说话，对吗？”

波洛又欠了欠身。“您所知正确，先生。”

在那人再次开口讲话之前，侦探早已留意到对方那双古怪而精明的眼睛正在打量着他。

“在我们国家，”他说，“人们说话一向开门见山。波洛先生，我希望你能接受我的一个委托。”

赫尔克里·波洛扬了扬眉毛。

“先生，如今我的顾客十分有限，我很少接案子了。”

“啊，当然，我明白。不过波洛先生，这可是一大笔钱。”他用柔和而颇具说服力的声音重复说道，“一大笔。”

波洛沉默片刻，然后说道：“您想让我为您做什么，呃，雷切特先生？”

“波洛先生，我是个有钱人，非常有钱。高处不胜寒啊。我有个敌人。”

“只有一个敌人吗？”

“你这话是什么意思？”雷切特尖锐地问道。

“先生，以我的经验来看，如果一个人到了你说的那个地位，往往不止有一个敌人。”

听到波洛的回答，雷切特松了口气，他赶紧说道：

“啊，没错，我同意你这个观点，一个或多个敌人都没有关系，要紧的是我的安全问题。”

“安全？”

“我的生命受到了威胁，波洛先生。我是个很爱惜自己的人，”他从大衣口袋里掏出一把小型自动手枪，在波洛眼前晃了晃，冷冷地继续说道，“我认为自己还不至于遭人暗算，但我要保证自己的安全万无一失。我认为你值得我支付这笔钱，波洛先生。请记住，这可是——一大笔钱。”

波洛沉思着注视了他好一阵子，脸上看不出任何表情。对方也不知道他脑子里在想些什么。

“很遗憾，先生，”他终于开口说道，“我不能答应你。”

那人精明地看着他。

“你开个价钱吧。”他说。

波洛摇摇头。

“你不明白，先生。我在事业上很走运，所赚的钱完全可以满足我的现实需要和各种任性的想法。我现在只接受——感兴趣的案子。”

“你可真有勇气，”雷切特说，“两万美元能打动你吗？”

“不能。”

“如果你还想多要，那可不成，我是个识货的人。”

“我也是，雷切特先生。”

“我的提议有什么问题吗？”

波洛站起身。

“容我说句不客气的话——我不喜欢你那张脸，雷切特先生。”

说完，波洛离开了餐车。

第四章　暗夜惊叫

辛普朗东方快车于当晚八点四十五分抵达贝尔格莱德，预定在九点十五分再次开动，于是波洛下车到了站台上。可他并没停留多久，天气太冷了，外面下着大雪，即使站台上有顶棚也不顶用。他返回自己的房间。正在站台上搓手跺脚取暖的列车员对他说：

"您的行李已经搬到一号房间去了，先生，布克先生那间。"

"布克先生去哪儿了？"

"他搬到刚挂上的、从雅典来的车厢里去了。"

波洛去找自己的朋友，布克先生对他的抗议置之不理。

"没事，没事，这样更方便。你直接去英国，所以最好待在去加来的车厢里。哎呀，我在这儿很好，安静极了，车厢空空的，只有我和一个小个子希腊医生。啊，我的朋友，这个晚上真是……他们说很多年都没下过这么大的雪了，但愿我们不会被大雪堵在路上，我跟你说，我可受不了！”

九点十五分，火车准时驶出车站。过了一会儿，波洛站起来，和朋友道晚安，然后沿过道返回自己新的车厢，在火车前端，挨着餐车。

旅程的第二天，大家的隔阂逐渐打破了。阿巴思诺特上校正站在自己房间门口和麦奎因聊天。

一看到波洛，麦奎因马上停了下来，满脸的惊奇。

“啊，”他大叫，“我以为你下车了！你说你在贝尔格莱德下车的。”

“你误会我啦，”波洛微笑着说，“我记得我们谈到这个的时候，火车刚好从斯坦布尔开动。”

“但是，老兄，你的行李，不见了。”

“搬到另一个房间了。”

“哦，我明白了！”

他继续跟阿巴思诺特上校说起话来，而波洛则沿着过道往前走。

离他房间两扇门远的地方，那个美国老女人——哈巴特太太——正站着跟山羊脸太太——瑞典人——说话。她硬塞给后者一本杂志。

“没事儿，拿着吧，亲爱的，”她说，“我还有好多别的可以看呢。唉，感冒可真吓人。”她友好地冲波洛点点头。

“你真是太好了。”瑞典太太说。

“没关系，希望你能好好睡一觉，明天早上头就不那么疼啦。”

“只是天气太冷了。我去泡杯热茶。”

“你有阿司匹林吗？真有吗？我这里多得是。那好吧，晚安，亲爱的。”

对方离开之后，她转向波洛，开始喋喋不休起来。

“怪可怜的，是个瑞典人。据我所知，是个传教士之类的人，教学的，是个好人，可不怎么会说英语，她最爱听我跟她讲我女儿了。”

此刻，波洛已经知道到了哈巴特太太女儿的全部情况。火车上每个懂英语的人都知道！她和丈夫在士麦那[①]一所很大的美国大学里工作，这个哈巴特太太是第一次来东方旅行，她对土耳其人及其草率邋遢的行为方式，还有他们的路况等都有不少看法。

他们旁边的那扇门开了，那个消瘦苍白的男仆走了出来。波洛瞥见房间里面雷切特先生正坐在床沿。看见波洛，他的神情都变了，气得沉下了脸。随后，门关上了。

哈巴特太太把波洛稍稍往旁边拉了一下。

“你知道，我怕死那个男人了。哦，不是那个男仆——是另一个，他的主人。确实是个主人！那个人有问题。我女儿总是说我的直觉很准。‘妈妈的预感准得不得了。’我女儿说的。我对那人有种预感。他住在我隔壁，

①土耳其西部城市。

我可真害怕。昨晚我把行李箱顶在连通门上了。我想我听见他转动门把手了。要知道，如果这男人真是个杀人犯，就像你读过的那种火车大盗，我可一点也不奇怪。我这么说可能很蠢，但事实就是这样。我被那个人吓死了！我女儿说我这次旅行会很愉快，可不知怎么的，我一点也高兴不起来。这么说可能很蠢，但我总觉得好像会有事发生——什么事都可能发生。那么好的小伙子怎么受得了去给他当秘书？我真是不明白。”

阿巴思诺特上校和麦奎因正从过道上向他们走过来。

“来我的房间吧，”麦奎因边走边说，“今晚我们还没聊够，我想弄明白你们关于印度的政策是——”

两个人从他们身边走了过去，进了麦奎因的房间。

哈巴特太太向波洛道了晚安。“我想我要上床看书睡觉了。”她说，“晚安。”

“晚安，太太。”

波洛走进自己的房间，就是雷切特前面的一间。他脱了衣服上了床，看了大约半个钟头的书就关灯了。

几小时后他醒了，被惊醒了。他知道是什么惊扰了自己——一声很响的呻吟，几乎可以说是叫喊了，近在咫尺。与此同时，电铃骤然叮当大响。

波洛下床扭亮了灯。他意识到火车停了——可能是到站了。

喊叫声吓了他一跳。他记得隔壁房间住的是雷切特。

他下床打开门，正巧列车员匆匆从过道走来，敲了敲雷切特的门。波洛把房门打开了一条缝，向外观察着。列车员再次敲了敲门。铃声响了起来，指示灯显示是远处的另外一个门。列车员扭过头看了一眼。这时，隔壁房间传来一声大喊："没事，我按错铃了。[①]"

"好的，先生。"列车员又快步跑去敲刚才亮灯的那扇门。

波洛回到床上，放心地关了灯。他看了一眼手表，正好差二十三分一点。

①原文为法语。

第五章　罪行

波洛觉得一时之间难以入睡。首先是没有了火车的晃动。如果外面是个车站，也实在太安静了。相比之下，火车里的声音倒是异常响亮。他能听见雷切特在隔壁的动静——走动声、按水龙头的咔嗒声、自来水流动的声音、水溅出来的声音，然后水龙头又咔嗒一声关上了。外面过道上的脚步声，有人趿着卧室的拖鞋走了过去。

赫尔克里·波洛躺在床上盯着天花板。外面的车站怎么这么安静？他喉咙发干——忘记要一瓶矿泉水了。他又看了看手表。才一点十五分。他想按铃向列车员要一瓶矿泉水，手指刚要伸向电铃，但又停下了。在寂静中，他听见“叮”的一声。列车员不可能同时照顾到每个铃声。

叮……叮……叮……

铃声响了又响。列车员在哪儿？有人不耐烦了。

叮……

无论是谁，仍在固执地按着按钮。

突然，过道上响起了一阵急促的脚步声，列车员来了，敲了敲波洛房间不远处的门。

然后传来了说话声——列车员的声音，恭敬而抱歉。还有一个女人的声音，一再坚持且喋喋不休。

哈巴特太太！

波洛暗自发笑。

这场口角——如果是的话——持续了一阵子，哈巴特太太和列车员的说话比例是九比一！最终，事情似乎是解决了。波洛清楚地听见“晚安，太太”，还有关门声。

他的手指按了按电铃。

列车员立刻出现了。满头大汗又闷闷不乐。

“请帮我拿瓶矿泉水吧。”

“好的，先生。”大概是因为波洛冲他眨了眨眼睛，列车员诉起委屈来，“那个美国老太太——”

“怎么了？”

他擦了擦额头。“您想想我跟她在一块的时候！她坚持说——死活坚持——她房间里有个男人！您想想，先生，这么小的地方，”他用手比画了一圈，“他能藏在哪儿？我跟她争辩了一下，我说这是不可能的。可她还是坚持说，她醒了发现有个男人在那儿。于是我问，那个男人怎么能出去后还能把门闩上。可她就是听不进去，好像还嫌我们不够麻烦似的，这大雪——”

“大雪？”

“是啊，先生，您没注意到吗？火车停了。我们困在雪堆里了，天知道我们还得在这儿待多久。我记得有一次我们待了七天。”

“我们这会儿在哪儿？”

“在温科夫齐[①] 和布罗德[②] 之间。”

“唉，唉。”波洛苦恼地说。

列车员退了出去，回来时带来了矿泉水。

“晚安，先生。”

波洛喝了一杯水，好让自己安静地睡着。

快要睡着的时候，他再次被惊醒了。这一次，好像是什么重的东西砰的一声撞在了他的门上。

他跳起来打开门向外看，什么也没看到。可是在右边，离他有段距离的过道上，有个裹着一件猩红色和服式睡衣的女人走开了。在另一端，列车员坐在小椅子上，正在一大张纸上填写什么。周围都是死一般的寂静。

“我肯定是发神经了。”波洛说着又回到了床上。这次他一觉睡到了早上。

醒来时火车仍然停滞不前。他拉开窗帘向外看，只见火车周围堆满了厚厚的积雪。

他看了一眼手表，已经九点多了。

九点四十五分，他和平时一样一身整洁而时髦的打

①南斯拉夫城市。

②俄罗斯城市。

扮，向餐车走去，里面一片唉声叹气。

旅客们之前可能存在的任何隔阂已经完全打破了，所有人被一个共同的不幸联系在了一起。哈巴特太太正在高声吵闹着。

“我女儿还说这是世界上最简单的方式，坐上火车就直接到帕鲁斯了。现在我们可能要在这儿困上好几天，”她哀叹道，“而且我的船后天就要开了，我还能赶上吗？我甚至都不能打个电报去退票！我气得都不想再说这个了！”

那个意大利人说他在米兰还有要紧的事。大块头美国人说“真是太糟糕了，太太”，还安慰性地说火车还是有希望把时间补上的。

“我姐姐，还有她的孩子们都在等着我，”瑞典太太抽泣着说，“我也没办法通知他们，他们会怎么想啊？肯定会认为我出事了。”

“我们要在这儿待多久？”玛丽·德贝纳姆问，“没人知道吗？”

声音里有种不耐烦。但波洛注意到，托罗斯快车停车检查时她的那种近乎疯狂的焦虑已经消失不见了。

哈巴特太太又说了起来。

“这火车上没人了解情况，也没人想要做点事。只是一群没用的外国人。哼，要是在我们国家，至少有人会想办法做点什么的！”

阿巴思诺特转向波洛，小心谨慎地用带着英国口音的法语说：

“你是铁路公司的董事吧，先生？你能说一下——”

波洛微笑着纠正他。

“不不，”他用英语说，“我不是。你把我和我的朋友布克先生弄混了。”

“哦，对不起。”

“没关系，这很正常。我现在住在他之前的房间里。”

布克先生不在餐车里。波洛四处看看还有谁不在。

德拉戈米罗夫公主和那对匈牙利情侣都不在。还有雷切特和他的仆人，以及那个德国女仆也不在。

瑞典太太擦了擦眼睛。

“我真傻，”她说，“这么不争气地哭鼻子。不管发生什么事，都会好起来的。”

然而，这种基督教精神没有获得大家的认可。

“这的确很好，”麦奎因心情烦乱地说，“我们会在这儿待上好几天。”

“这里究竟是哪个国家啊？”哈巴特太太眼泪汪汪地问。

得知这里是南斯拉夫后，她说：“哦，一个巴尔干国家，还能指望什么？”

“你是最有耐心的一个了，小姐。”波洛对德贝纳姆小姐说。

她微微耸了耸肩。

“一个人能做什么？”

“你真像个哲学家，小姐。”

“那意味着一种超然而置身事外的态度。我觉得我的态度更为自私。我已经学会如何不浪费感情了。”

她的回答更像是在自言自语，因为她甚至都没看他一眼。她的目光越过波洛，停在窗外厚重的积雪上。

“你很坚强，小姐，”波洛礼貌地说，“我觉得你比我们所有人都坚强。”

“哦，不，不，真的。我知道有个人比我坚强得多。”

“这个人是？”

她好像突然醒悟过来，意识到自己正在跟一个陌生人、一个外国人说话。可直到今天早上，她也就跟他说了几句话而已。

她礼貌而疏远地笑了。

“呃，比如那个老太太，可能你也注意到她了。一位十分丑陋的老太太，可很有吸引力。她只要举起个小手指头，客气地说一句话，全车人都得为她奔走。”

“他们也会服从我的朋友布克先生，”波洛说，“但那是因为他是这条线路的董事，而不是性格坚强。”

玛丽·德贝纳姆笑了。

一早上过去了，包括波洛在内的几个人仍然留在餐车里。此刻，集体生活能让人感觉时间好过些。他听到了更多有关哈巴特太太女儿的事，也听到了已经过世的哈巴特先生一辈子的习惯，从早上起床吃谷类早餐，一直到晚上穿着哈巴特太太亲自给他织的睡袜睡觉，等等。

波洛正在听那位瑞典太太混乱地讲述她的传教宗旨时，一位列车员走进餐车，来到他身旁。

“打扰了，先生。”

“什么事？”

“布克先生问您是否愿意劳驾去他那里坐一会儿。”

波洛站起来，向瑞典太太道了歉，然后跟列车员走出餐车。此人不是他所在车厢的列车员，而是个白皙的高个子。

波洛跟着向导穿过自己车厢的过道，来到下一节车厢的过道上。那人敲了敲门，然后站在一旁请波洛进去。

这不是布克先生自己的那个房间，是个二等房——选这间也许是因为它面积更大一些。不过仍然给人以拥挤的感觉。

布克先生坐在对面角落的一个小座位上。对面靠窗的角落里，是一个黑皮肤的小个子男人，正在望着窗外的雪。一个身材高大、穿蓝色制服的男人（列车长），还有波洛自己车厢的列车员，两人站在那儿，几乎堵住了波洛的去路。

“啊，我的好朋友，”布克先生喊道，“进来吧，我们需要你。”

窗边的小个子男人在座位上移了移，波洛才得以从另外两个人中间挤过去，坐到他朋友对面。

布克先生脸上的表情让波洛强烈地感觉到，肯定发生了不寻常的事。

“出什么事了？”他问。

“问得好！首先是这场雪——这次堵塞。现在又——”

他顿住了。列车员发出了压抑的喘息声。

“现在又怎么了？”

“现在又有一个旅客死在卧铺上了——被刺死了。”

布克先生带着一种平静而绝望的语气说道。

“一个旅客？哪一个？”

“一个美国人，姓——姓——”他翻查了一下面前的笔记，“雷切特。不错，是姓雷切特吧？”

“是的，先生。”列车员深吸了一口气说道。

波洛看看他，对方面如死灰。

“你还是让他坐下吧，”波洛说，“不然他要晕了。”

列车长挪了挪身子，列车员一屁股跌坐在角落里，把脸埋进手中。

“啊！”波洛说，“事情很严重！”

“确实非常严重。首先，谋杀本身就是最严重的灾难。然而不仅这样，现在情况非同寻常。我们被困在这里，可能会待上几个小时……不是几小时，而是几天！还有一个情况，我们每经过一个国家，几乎都有该国的警察在车上，但是南斯拉夫——没有。你明白了吗？”

“处境确实很艰难。”波洛说。

“还有更糟的。康斯坦汀医生——我忘记介绍了。康斯坦汀医生。波洛先生。”

黑皮肤的小个子男人欠了欠身，波洛也回了礼。

“康斯坦汀医生认为死者的死亡时间是凌晨一点钟。”

“在这个问题上很难做精确的判断，”医生说道，“不过我想我能断定死亡时间是在半夜十二点到凌晨两点之间。”

“最后一次看见雷切特先生活着，是什么时间？”

“据说差二十分一点的时候他还跟列车员说过话。”布克先生说。

“没错，”波洛说，“我亲耳听见了。这是已知的最后一个消息吗？”

“是的。”

波洛转向医生，医生继续说道：

“雷切特房间的窗户是大敞着的，这不由得让人猜测凶手是从窗户逃走的。但我认为开窗是个假象，任何人跳窗逃走都会在雪地上留下明显的脚印。但是并没有。”

“谋杀是何时被发现的？”波洛问。

“米歇尔！”

列车员站了起来，仍旧是一脸的苍白和恐惧。

“把事情原原本本地告诉这位先生。”布克先生命令道。

他结结巴巴地说：

“这位雷切特先生的仆人今早敲了几次门都没有动静。后来，就在半小时之前，餐车服务员过来了，想问问先生是否需要吃午饭。这是十一点时的事。

“我用自己的钥匙给他开了门，可里面还有链条，打不开。没有人应门，里面静静的，很冷——冷极了。窗户是开着的，雪花飘了进来。我想先生也许生病了，便叫来了列车长。我们弄断锁链进屋一看，他——啊，太可怕了！”

他又把脸埋进了双手之中。

“门是锁上的，里面也有锁链锁着，”波洛沉思着说，“不是自杀吧，嗯？”

希腊医生讥笑道：

“一个人会朝自己身上刺十刀、十二刀甚至十五刀自杀吗？”

波洛睁大了双眼。“太残忍了。”他说。

“是个女人，”列车长说，这还是他第一次开口说话，“看样子肯定是个女人，只有女人才会那样刺。”

康斯坦汀医生陷入了沉思，脸也皱成一团。

“那得是个强壮的女人，”他说，“我不愿意说复杂的技术性问题，那只会更加混乱，但我可以肯定地说，有一两刀刺得很用力，把骨头和肌肉上坚硬的韧带都刺穿了。”

“很明显，作案手法很不科学。”波洛说。

“还有更不科学的，”康斯坦汀医生接着说，“这么多刀都是随意乱刺的，有几刀只是划了一下，几乎没什么损伤。看起来就像是有人闭着眼睛，盲目而疯狂地乱刺一气。”

“是个女人，”列车长再次说道，“女人就是这样，生起气来很有力气。”他郑重地点点头，大家不由得怀疑他对此是否深有体会。

“我有件事可供大家参考，”波洛说，“雷切特先生昨天跟我说过话。根据我的理解，他说他处于危险之中。”

“‘干掉他’——这是美国人的表达方式，对吗？”布克先生问，“那就不是女人了，而是个‘歹徒’或‘持枪歹徒’。”

眼见自己的理论被推翻，列车长一脸痛苦。

“如果是这样，”波洛说，“手法似乎太业余了。”他很专业地反对道。

“火车上有个美国大块头，”布克先生继续推行自己的理论，“一个外表普通、穿着糟糕的家伙，嚼着口香糖，我认为好人不会这么干。你知道我说的是谁吗？”

听到他提问的列车员点点头。

“是的，先生，十六号房，但不可能是他，不然我应该能看到他进出房间。”

“也许你没看到，也许。我们稍后再深入探讨。问题是，现在我们该怎么办？”他看看波洛。

波洛回看了他一眼。

“好吧，我的朋友，”布克先生说，“你能理解我请你做的事情。我了解你的才干。你来指挥这次调查吧！不，不，别拒绝我。你看，对我们而言这非常严重——我是代表国际客车公司这么说的。等到南斯拉夫警察过来的时候，如果我们能够向他们提供解决方案，那问题就简单了！不然就会拖延时间，麻烦重重。无辜的人也会被牵连其中，谁知道呢！然而，如果你解开了这个谜题！我们就可以说：‘发生了一起凶杀案件，这就是罪犯！’”

“假如我解不开呢？”

“啊，我的朋友，”布克先生的声音更加积极亲切了，“我知道你的名气，也了解你的做事方式。对你来说，这是个理想的案子。查查所有这些人的背景，发现幕后的真相，所有这些都需要时间和无穷的麻烦。可我不是经常听你说，只需要躺在椅子上思考思考就能破案了吗？那就这么做吧。跟车上的旅客谈一谈，看看尸体，研究一下线索，然后……好啦，我相信你！相信你绝不会乱夸海口的。躺下来思考吧，就像我常听你说的那样，动动你那小小的灰色脑细胞——你就想出来了！”

他俯身向前，充满深情地看着侦探。

“你的信任打动了我，我的朋友，”波洛颇为激动地说，“就像你说的，这案子并不难。昨天晚上我自己……

不过我们现在先不说这些。实际上，我对这个案子也很感兴趣。就在半小时之前，我还在想，现在我们被困在这儿，将要面对很长一段无聊的时间。而现在——我已经有事可做了。”

“这么说，你是答应了？”布克先生热切地说。

“是的，你就把案子交给我吧。”

“太好了——我们都听你的调配。”

“首先，我想要个斯坦布尔－加来车厢的平面图，上面标注着每个人所在的房间。我还要看看他们的护照和车票。”

“米歇尔会给你这些的。”

列车员离开了房间。

“车上还有哪些旅客？”波洛问。

“在这节车厢，只有康斯坦汀医生和我。从布加勒斯特过来的车厢里，只有一位跛脚的老先生。他跟列车员很熟。除此之外就是普通车厢了，但跟我们关系不大，因为昨天晚饭之后它们就被锁上了。斯坦布尔－加来车厢前面，就只有餐车了。”

“那么，看起来，”波洛缓缓地说，“我们好像得在斯坦布尔－加来车厢里寻找凶手了，”他转向医生，“我想，你是这个意思吧。”

希腊人点了点头。

“晚上十二点半时，我们冲进了雪堆里。从那以后，没人能离开火车。”

布克先生板着脸说：“凶手就在我们身边——现在还在这列火车上……”

第六章　一个女人

“首先，”波洛说，“我得和那位年轻的麦奎因先生谈谈。他也许能给我们提供有价值的信息。”

“当然。”布克先生说着，转向列车长，“请麦奎因先生过来一下。”

列车长离开了车厢。

列车员带着一沓护照和车票回到房间。布克先生接了过去。

“谢谢你，米歇尔。我想，你最好还是回自己的岗位上去吧。稍后我们会正式听取你的证词。”

“好的，先生。”米歇尔也离开了车厢。

“见过年轻的麦奎因之后，”波洛说，“也许得请医生和我去一趟死者的房间。”

“当然。”

“我们看完那里之后——”

就在这时，列车长带着赫克托·麦奎因回来了。

布克先生站起身。

“这里有点挤，”他愉快地说，“坐我这儿吧，麦奎因先生。波洛先生坐你对面——就是这样。”

他转向列车长。

“把餐车里的人全部都请出去。”他说，“空出来给波洛先生用。你在那里跟旅客谈话可以吧，亲爱的？”

“好的，那里再合适不过了。”波洛同意道。

麦奎因站在那儿，瞧瞧这个，看看那个，他听不太懂连珠炮似的法语。

“出什么事了？”他吃力地用法语说道，“为什么——”

波洛做了一个有力的手势，示意他坐在角落那儿。他坐了下来，再次问道：

“为什么——”然后他停住了，换成了自己的语言，“车上发生什么事了？出什么事了吗？”

他又看了一圈房间里的人。

波洛点了点头。“没错，出事了。你对这个打击要做好思想准备。你的主人，雷切特先生，死了。”

麦奎因撅着嘴吹了声口哨。他眼睛一亮，除此以外，他脸上没有任何震惊和痛苦的表情。

“这么说他们还是干掉他了。”他说。

“你这话究竟是什么意思，麦奎因先生？”

麦奎因犹豫着。

“你是在假定雷切特先生是被谋杀的吗？”

“不是吗？”这次麦奎因倒是惊讶了，“啊，是的，”他缓缓地说，“我是这么认为的。你是说他只是死在睡梦中吗？啊，这老头很强壮啊——很强壮——”

他停住了，为自己的直言不讳而茫然无措。

“不，不，”波洛说，“你的假设非常正确。雷切特先生是被谋杀的，被刺死的。但我想知道你为什么这么肯定这是一起谋杀，而不是——正常死亡。”

麦奎因又犹豫了。

“我得搞清楚，”他说，“你到底是谁？从哪儿来的？”

“我是受国际客车公司委托，”波洛顿了顿，然后补充道，“我是个侦探，叫赫尔克里·波洛。”

他并未得到自己预期的效果。麦奎因只说了句“哦，是吗”，然后就等波洛的下文了。

“你也许听过这个名字。”

“呃，好像有点儿印象，不过我一直以为是个做女装的裁缝。”

赫尔克里·波洛嫌恶地瞅着他。

“太不可思议了！”他说。

“什么不可思议？”

“没什么。我们先说说眼前这件事吧。我要你告诉我，麦奎因先生，你知道的关于死者的一切。你是他的亲戚吗？”

“不，我——以前是——他的秘书。”

“这份工作你做了多久？”

"只有一年多。"

"请告诉我你知道的所有事情。"

"呃，一年多以前我在波斯遇到了雷切特先生——"

波洛打断了他。

"你在那儿做什么？"

"我从纽约到那儿调查石油特许权。我想你也不愿意听我说这方面的详情吧。我和我的朋友们处境很糟。雷切特先生也在同一家旅馆，刚刚跟他的秘书吵了一架，于是他请我做这份工作，我答应了。当时我无所事事，很愿意接受这份现成的高薪工作。"

"从那以后呢？"

"我们到处旅行。雷切特先生想环游世界，可语言不通，于是我更像是个旅游团的导游而不是秘书。生活倒是很愉快。"

"现在跟我详细说说你老板的情况。"

年轻人耸耸肩，面露难色。

"这可不容易说。"

"他全名叫什么？"

"塞缪尔·爱德华·雷切特。"

"他是美国公民吗？"

"是。"

"他是美国哪里人？"

"我不知道。"

“好吧，告诉我你知道的。”

“真实的情况是，波洛先生，我什么也不知道！雷切特先生从不谈论自己或者在美国的生活。”

“你觉得他为什么不说？”

“我不知道。我猜他是羞于谈论自己的出身吧。有些人是这样的。”

“你觉得这个结论能令人满意吗？”

“坦白说，不能。”

“他有什么亲人吗？”

“他从没提起过。”

波洛接着问道：

“你总得有一些自己的看法吧，麦奎因先生。”

“嗯，是的，确实。首先，我认为雷切特不是他的真名。我觉得他离开美国肯定是为了逃避某些人或事。直到几星期前，我都一直认为他是个成功人士呢。”

“后来呢？”

“他开始收到一些信件——恐吓信。”

“你见过这些信吗？”

“是的。我负责处理他的信件，第一封信是两个星期前收到的。”

“这些信都销毁了吗？”

“没有，我的文件夹里还有两封——还有一封被雷切特先生愤怒地撕掉了。我要拿来给你吗？”

“那太好了。”

麦奎因离开了房间。几分钟后，他回来了，在波洛面前放了两张极脏的信纸。

第一封内容如下：

你以为你骗了我们能逍遥法外是吗？绝不可能。我们要干掉你，雷切特，我们一定会干掉你！

没有署名。

波洛只是扬了扬眉毛，未加评论。他拿起了第二封信。

我们会带着你去兜兜风，雷切特，用不了多久，我们就会干掉你——明白吗？

波洛放下了信。

“风格单调！”他说，“比笔迹还差。”

麦奎因盯着他。

“你看不出来，”波洛愉快地说，“对这种事得有眼力的人才行。这些信不是一个人写的，麦奎因先生，是两个或者更多的人写的——每次各写一个单词的一个字母。而且用的还是印刷体，这样鉴别起来就更难了。”他顿了顿，又说，“你知不知道，雷切特先生曾经请我帮助他？”

“请你？”

麦奎因那惊讶的语气明确地告诉波洛，这个年轻人对此事一无所知。

侦探点点头。“是的，他很惶恐。告诉我，他收到第一封信时有什么反应？”

麦奎因迟疑了。

“很难说。他——他——笑着把信放在了一边，很镇静。但，不知怎么，”他微微颤抖了一下，“我总觉得他在这平静之下隐藏了很多情绪。”

波洛点点头，接着问了一个令人意外的问题。

“麦奎因先生，你可否诚实地告诉我，你对你的老板有何评价？你喜欢他吗？”

赫克托·麦奎因想了一会儿。

“不，”他终于回答道，“我不喜欢他。”

“为什么？”

“我说不清，虽然他一直对人很和气，”他顿了顿又说，“但是说实话，波洛先生，我既不喜欢也不信任他。我敢肯定，他是个残忍而危险的人。虽然我得承认我并没有任何理由能证明这个观点。”

“谢谢你，麦奎因先生。还有个问题：你最后见到活着的雷切特先生是什么时候？”

“大概是昨天晚上……”他考虑了一下，“应该说是十点钟。我去他房间记一些备忘的事情。”

“关于什么的？”

“他在波斯买的一些瓷砖和古式陶器。收到时发现货不对版。双方已经通信纠缠很久了。”

“那是你最后一次见雷切特先生活着的时间吗？”

“是，应该是。”

“你知道雷切特先生收到最后一封恐吓信是什么时候吗？”

“我们离开君士坦丁堡的那天早上。”

“我还要问你个问题，麦奎因先生。你跟你的老板相处得好吗？”

年轻人忽然神情一肃。

“这下我肯定要起鸡皮疙瘩了。借用一本畅销书上的话，‘你抓不住我的把柄’。雷切特和我相处得不错。”

“麦奎因先生，可否告诉我你的全名和你在美国的住址？”

麦奎因说了自己的全名，赫克托·威拉德·麦奎因，并给了他纽约的地址。

波洛靠回靠垫上。

“先谈到这儿吧，麦奎因先生，”他说，“如果你能对雷切特先生的死讯暂时保密，我将不胜感激。”

“他的仆人，马斯特曼，肯定会知道的。”

“没准他已经知道了，”波洛冷冷地说，“如果是这样，请他管住自己的舌头吧。”

“那应该不难，他是个英国人，宣称自己‘不与人交往’。他看不上美国人，更看不上其他国家的人。”

“谢谢你，麦奎因先生。”

美国人离开了车厢。

“怎么样？”布克先生问，“你相信他说的吗，那个年轻人？”

“他看起来倒是诚实坦率，并没有因为自己可能会有重大嫌疑而假装对自己的老板有好感。他说雷切特先生并没有将曾经找过我但是请求被拒的事告诉他，这应该是真的，不过我不认为这情况有什么可疑。我认为雷切特先生是那种在任何场合都守口如瓶的人。”

“那么你认为在这场谋杀中，至少有一个人是清白的了。”布克先生快活地说。

波洛责备地看了他一眼。

“我嘛，不到最后一分钟，每个人都有嫌疑。”他说，“不过我得承认，我并不觉得这个清醒而冷静的麦奎因会失去理智，朝受害人刺上十二或十四刀。这不符合他的心理——完全不符。”

“没错，”布克先生沉思着说，“只有怀着近乎疯狂的仇恨的人才干得出来——具有那种拉丁风格的人。否则，就像我们列车长所说——是个女人。”

第七章　尸体

波洛跟着康斯坦汀医生来到隔壁车厢被害人的房间里。列车员用自己的钥匙给他们打开门。

两个人走了进去。波洛转向同伴问道：

“这间房被弄乱过吗？”

“什么也没动过。我验尸时十分小心，没有挪动过尸体。”

波洛点点头，环视四周。

他第一感觉是很冷。窗户被推开，窗帘也拉上去了。

“呵。”波洛打了个冷战。

医生颇有同感地笑了。

“我不想关窗。”他说。

波洛仔细地检查了窗户。

“你说得对，”他宣称，“没人从这里离开车厢。也许打开窗户是故意制造的假象，如果是这样，大雪破坏了凶手的计划。”

他仔细检查了窗框，然后从口袋里掏出一只小盒子，朝窗框上吹了一点儿粉末。

“完全没有指纹，”他说，“这说明窗框被擦过了。就算有指纹也没什么用，可能是雷切特先生或者他的仆人，或者列车员留下的。现在的罪犯不会犯这种错误了。

“既然如此，”他兴致勃勃地说，“我们还是关上窗户吧。这里已经变成冷库了！”

说完他就关上了窗，然后开始把注意力转向卧铺上一动不动的尸体。

雷切特仰面躺着，睡衣上血迹斑斑，纽扣被解开了，敞开的衣襟被翻到了背后。

“你知道的，我得检查伤口的性质。”医生解释道。

波洛点点头，俯身在尸体上方观察。终于，他愁眉苦脸地直起腰。

“真是难看死了，”他说，“一定是有人站在这儿，刺了一刀又一刀。究竟有几处伤口？”

“我算的是十二处。有一两处很轻，只是划破了点皮。但是，至少有三刀足以致命。”

医生的语气引起了波洛的注意，他眼神犀利地盯着他。小个子希腊人站在那里，瞪着尸体，困惑地皱着眉头。

“你觉得什么地方有些古怪，对吗？”他礼貌地问道，“说吧，我的朋友。是不是有什么事让你想不通？”

“你说得对。”对方承认道。

“是什么？”

“你看这两处刀伤，这儿，还有这儿，”他指着，“很深。每一刀都把血管切断了，但是刀口的边缘没有裂开。血流得比正常情况下要少。”

“这说明什么？”

“人已经死了——死了没多久——在刺这几刀的时候。可这确实太荒谬了。”

“看来是这样，”波洛若有所思地说，“除非我们的凶手以为自己没有圆满完成任务，于是又回来确定一下，但这显然很荒谬！还有吗？”

“嗯，还有一件事。”

“什么？”

“你看这儿的这个伤口，在右臂下面，靠近右肩膀。用我的钢笔试一下。你能这么刺一刀吗？”

波洛举起一只手。

“没错，”他说，“我明白了。用右手非常困难，几乎不可能。那人得反着刺，但如果这一刀是左手刺的呢——”

“完全正确，波洛先生。这一刀基本上可以确定是左手刺的。”

“所以我们的凶手是个左撇子？不，情况还要更为复杂，是吗？”

“你说对了，波洛先生。另外一些刀口恰恰表明是右手刺的。”

“两个人。我们又说回两个人了。”侦探嘟囔着，忽然又问道，“那时候灯是亮着的吗？”

“这很难说。你知道，每天早上十点钟左右，列车员就会把灯关掉。”

“开关会告诉我们的。”波洛说。

他检查了顶灯和床头灯的开关，都是关着的。

“好吧，”他沉思着说，“我们假设有了第一个和第二个凶手，就像伟大的莎士比亚说的那样。第一个凶手刺了被害人，然后关掉灯，离开房间。第二个凶手摸黑进来，没有看见他或者她的任务已然完成，就朝死者又刺了至少两刀。你怎么想？”

“真了不起。”小个子医生热诚地说。

对方的眼睛里闪着光。

“你是这么认为的？我很高兴。可我听着像胡说。”

“还能有什么别的解释呢？”

“这正是我问自己的。是否是巧合或者其他什么？如果有两个凶手，会不会有自相矛盾的地方？”

“我想也许有。就像我说过的，有些刀伤说明了凶手的一个弱点——缺乏力量或者信心不足。没有力量，只是划了几下。但是这儿的一刀，还有这儿的一刀，”他又指着说道，“这些刀伤需要很大的力气，把肌肉都刺穿了。”

“在你看来，是不是个男人刺的？”

“几乎可以确定。”

“不可能是个女人？”

“一个年轻有力的女运动员可能会刺这几刀，尤其是在情绪极其激动的时候，但是我觉得这不太可能。”

波洛沉默了一会儿。

对方急切地问：“你明白我的想法了吗？”

“完全明白，”波洛说，“事情变得清晰了！凶手是个力气很大的男人——他很软弱无力；是个女人；是个习惯用右手的人——是个左撇子。啊哈，真是有意思！”他突然生气地说：“那被害人，在这个过程中，他在干吗？他大叫了吗？挣扎了吗？自卫了没有？”

他把手伸进枕头下面，抽出一把自动手枪，前一天雷切特给他看过。

“你看，子弹还是满膛的。”他说。

他们四处看了看。雷切特白天的衣服挂在墙壁的衣钩上。盥洗台上放着各种东西：一只玻璃杯里浸泡着假牙；还有一个空杯子；一瓶矿泉水；一只大的长颈瓶；一个烟灰缸，里面有个雪茄烟烟蒂以及一些烧焦的碎片；还有两根燃过的火柴梗。

医生拿起空玻璃杯，闻了闻。

“可以解释受害人被害时为何没有反应了。”他平静地说道。

“被下药了？”

“是的。”

波洛点点头。他捡起两根火柴梗，仔细检查了一番。

“你有线索了？”小个子医生急切地问道。

“这两根火柴的形状不一样，”波洛说，“这根比那根扁，你看到了吗？”

“这是火车上的那种，”医生说，“纸盒装的。”

波洛在雷切特的衣服口袋里逐个摸索着，不一会儿，他掏出了一盒火柴，跟那两根燃烧过的作了仔细的对比。

“圆一点的是雷切特擦过的，”他说，“我们看看他有没有扁一点的。”

但是进一步搜索之后，没有看到其他火柴。

波洛的眼睛在房间里四处打量，就像鸟儿的眼睛一样闪着锐利的精光，好像什么也逃不出它们的搜寻。

他轻呼一声，弯下腰，在地板上捡起了一个东西。

是块小小的方形薄棉布，很精致，边角处绣着一个首字母——H。

“一块女人的手帕，”医生说，“我们的朋友列车长说得对，有个女人牵涉其中。”

“而且落下一块手帕也最为轻而易举。”波洛说，“真像书里写的、电影里演的——而且对我们而言，事情更简单了，上面还标着一个首字母呢。”

“我们的运气真好！”医生大叫。

“可不是吗？”波洛说。

他的语气让医生有些意外，可还没来得及问，波洛又朝地板上弯下腰去了。

这一次，他手上捧的是一根烟斗通条。

“这大概是雷切特先生的东西吧？”医生试探性地问。

“他的衣服口袋里没有通条，也没有烟丝或烟丝袋。”

“那么，这是条线索。”

“哦，肯定是。而且又是很恰当地留了下来。你注意看，这次，是条男性线索。不能抱怨这案子没有线索了，线索已经很丰富了。顺便问一下，你是怎么处理凶器的？”

“没找到凶器，肯定是凶手带走了。”

“我想知道为什么。”波洛沉思着。

“啊！”医生正在小心地翻看着死者的睡衣口袋。

“我忽略了这个，”他说，“我解开上衣之后就把它翻到后面去了。”

他从睡衣的胸袋里掏出一只金表，表壳瘪得厉害，时针指向一点一刻。

“你看到没？”康斯坦汀热切地大叫，“这告诉了我们作案时间！跟我的推断一样。我说的是半夜十二点到两点之间，有可能是一点钟，虽然这种事情很难精确判断。好啦，这就是证据。一点一刻。这就是作案时间。”

“有可能，是的，当然有可能。”

医生好奇地看着他。“请原谅，波洛先生，但我不太明白你的意思。”

“我也不明白，”波洛说，“完全不清楚。而且，就像你感到的那样，我很苦恼。”

他叹口气，弯腰仔细检查小桌子上烧焦的纸片，自言自语地嘀咕着：“我现在需要一个老式的女士帽盒。”

这句奇怪的话让康斯坦汀医生一头雾水。总之，波洛没有给他提问的机会，他打开门，来到过道上叫列车员。

那人跑了过来。

“这节车厢有多少个女人？”

列车员掰着手指头数了数。

“一、二、三……六个，先生。一位美国老太太，一位瑞典太太，年轻的英国小姐，安德雷尼伯爵夫人，还有德拉戈米罗夫公主和她的女仆。”

波洛想了想。

“她们都有帽盒，是吗？”

“是的，先生。”

“那给我拿来吧——让我看看……瑞典太太和那位女仆的。我就要这两个。你跟她们说，这是海关例行检查什么的，随便你怎么说。”

“好的，先生。这会儿她们都不在自己的房间。”

“那就快点。”

列车员离开了，回来时拿着两个帽盒。波洛打开女仆的那个，看了看就扔在一旁。然后他打开瑞典太太的那个，满意地叫了一声，小心翼翼地取出帽子，揭开下面垫帽子用的圆形铁丝网。

“哈，这正是我们需要的。大约十五年前，帽盒就是这么做的。女人们用帽针把帽子串在凸起来的铁丝网上。”

他边说边熟练地取下两圈铁丝，然后重新装好了帽盒，告诉列车员物归原主。

当门再次关上的时候，他转向同伴。

“我亲爱的医生，你看，我不是一个遵循专业程序的人，我要探索的是心理学，而不是指纹或烟灰。但在这个案子中我需要一点科学的帮助。这房间里充满了线索，但是我能确定这些线索真就是表面看起来的那样吗？”

“我不是很明白你的意思，波洛先生。”

“那好，举个例子——我们发现了一块女人的手帕。那就一定是个女人掉的吗？会不会是个男人，在作案的时候，对自己说‘我得弄得像个女人做的。我要给我的敌人多刺上不必要的几刀，有几刀要软弱无力，无关痛痒。我要把手帕扔在人人都能看见的地方’？这是一种可能。还有一种可能。如果是一个女人杀了他，会不会故意扔下一根烟斗通条，好让人看着像个男人干的？我们是否真的认为是两个人，一个男人、一个女人，分别作案，而且每个人都粗心大意地丢下了能识别他们身份的线索？巧合太多了！”

“可是帽盒有什么用呢？”医生仍然困惑地问道。

“啊，我正要解释。正如我所说，这些线索——金表指针停在一点一刻，这手帕、烟斗通条——它们可能是真的，也可能是故意伪造的。我还无法告诉你。但这儿有个线索——虽然我可能错了——我认为不是伪造的。我指的是这根扁的火柴，医生。我认为这根火柴是凶手用过的，而不是雷切特先生的。用来烧掉某种会暴露罪行的文件。也许是本笔记。若真如此，那本子里一定有什么东西，某个错误，某个疏忽，可能留下了关于凶手的线索。我正在设法找到这个东西是什么。”

他走出房间，几分钟之后，带回一个小酒精炉和一把烫发钳。

“我平时用来烫胡子的。”他指着后者说。

医生带着极大的兴趣观察着他。波洛把两圈凸起的铁丝网捋平，然后非常小心地把烧焦的纸片放在其中一个上，再把另外一个盖在上面，用钳子把两圈铁丝网钳在一块儿，放在酒精灯的火焰上。

“这只是个临时替代品，”他扭过头说，“但愿能达到目的。”

医生很专心地看着整个过程。铁丝开始发红，忽然，他看到几个隐约的字，火让这些字母慢慢变成了单词。

这是一个很小的纸片，只显示出了几个和另一个字的一部分。

记（得）小黛西·阿姆斯特朗

“啊！”波洛尖叫一声。

“它告诉你什么了吗？”医生问道。

波洛两眼发光，小心翼翼地放下钳子。

“是的，”他说，“我知道死者的真名了，也知道他为什么被迫离开美国了。”

“他叫什么名字？”

“卡塞蒂。”

“卡塞蒂？”医生拧着眉头，“这让我想起了一些事。好几年前，我记不得……这是个美国的案子，对吗？”

“是的，”波洛说，“美国的一个案子。”

除了这些，他不愿意再多说什么了。他环视四周，接着说：

“我们以后再说吧。现在让我们确认一下这里该看的是否都看过了。”

他迅速而熟练地又检查了一遍死者的衣服口袋，但是没找到让他有兴趣的东西。他试着打开通往隔壁房间的连通门，但是门从另一边闩上了。

“有件事我不明白，”康斯坦汀医生说，“如果凶手没有从窗户里逃跑，如果这扇连通门从另一面闩上了，如果通向过道的门不仅从里面锁上了，而且还扣上了链条，那么凶手是怎么离开房间的呢？”

“这也是观众说的，当一个人被捆住手脚关进箱子里——不见了之后。”

“你是说？”

“我的意思是，”波洛解释道，“如果凶手有意让我们相信他是从窗口逃跑的，他自然会让另外两个出口看上去不可能出得去。就像箱子里‘消失的人’一样，这是个骗局。我们的工作就是揭穿骗局。”

他把连通门在另外一边锁上了。“以防万一，”他说，“那位优秀的哈巴特太太头脑一热，打算收集第一手犯罪资料，写信给她女儿。”

他再次环顾四周。

“我想，这儿没事可做了。我们去找布克先生。”

第八章　阿姆斯特朗绑架案

他们发现布克先生刚吃完一客煎蛋卷。

“我想最好立刻在餐车里供应午饭，”他说，“之后把餐车清理好，波洛先生就能在那里询问旅客了。同时，我得让人给我们三个送点儿吃的来。”

“好主意。”波洛说。

三个人都不饿，所以很快就吃完了。喝咖啡的时候，布克先生才提到了那个他们满脑子都在琢磨的话题。

“怎么样了？”他问道。

“很不错。我已经发现被害人的身份了。我知道他为什么非得离开美国。”

“他是谁？”

“你记得读过关于阿姆斯特朗家的小女孩的报道吗？他就是杀害小黛西·阿姆斯特朗的那个人。卡塞蒂。”

“我想起来了。令人震惊的事件——虽然我记不清细节了。”

“阿姆斯特朗上校是英国人——获得过十字勋章。他是半个美国人，他母亲是华尔街百万富翁W.K.范德霍特的女儿。他娶了当时最著名的美国悲剧演员琳达·阿登的女儿。之后一家定居美国，有了一个孩子——他们视为掌上明珠的女孩。她三岁时被绑架了，绑匪索要的赎金数额巨大。我现在不想啰唆地讲述后来复杂烦琐的细节，让你觉得烦。我要说的是，这对夫妇交付了多达二十万美元的赎金之后，发现了孩子的尸体，至少已经死了两个星期。这事在社会上激起了公众极大的愤慨。更糟的还在后面。阿姆斯特朗太太当时正怀着孕，由于受到这个巨大的刺激，她早产生下一个死胎，之后自己也撒手人寰。她伤心欲绝的丈夫也开枪自杀了。”

“天哪，太悲惨了！我想起来了，”布克先生说，“如果我没记错的话，还有个人死了是吗？”

“是的，还有个不幸的法国或者瑞士保姆。警方认定她知道绑架的情况，完全无视她歇斯底里的否认。最后，那位陷于绝望之中的姑娘开窗跳下去，死了。事后证实，她绝对清白，跟这起案子没有任何关系。”

“想起来就不舒服。”布克先生说。

“大约六个月以后，这个卡塞蒂作为绑架团伙的头子被逮捕了。他们过去也犯过几次这样的案子。如果发觉被警察盯上了，他们就撕票，把尸体藏起来，在案发之前尽可能勒索更多钱财。

“现在，我跟你讲清楚这件事，我的朋友。卡塞蒂就是这个人！依靠他积累起来的巨大钱财，以及手头掌握了很多人的秘密，钻了法律的漏洞，竟然逃脱了。如果不是他狡猾，溜之大吉，早就被民众处以私刑了。我现在明白发生什么事了。他改名换姓离开了美国，从此成了一个悠闲的绅士，靠着利息在国外旅行。”

“啊！真是个畜生！”布克先生的语气里透出发自内心的厌恶，“他死了一点也不可惜，一点也不！”

“我同意。”

“但是，他不应该在东方快车上被杀，还有别的地方啊。”

波洛微微一笑。他理解布克先生对这件事颇有微词。

“我们现在要问自己的问题是，”他说，“这起谋杀，是卡塞蒂以前出卖过的对头干的，还是私人的报复行为。”

他解释了在烧焦的纸片上发现的几个字。

“如果我的推测是正确的，那么，信是凶手烧的。为什么？因为它提到了‘阿姆斯特朗’这个姓氏，这是这个谜团的线索。”

“阿姆斯特朗家还有什么人活着吗？”

“遗憾的是，我不知道。我记得我当时读过报道，阿姆斯特朗太太还有个妹妹。”

波洛继续讲述跟康斯坦汀大夫共同调查的结果。提到那只坏了的金表时，布克先生面露喜色。

“看起来这精确地告诉了我们作案时间。”

“是的，”波洛说，“得来全不费功夫。”

他的语调中有种难以形容的东西，这使得其他两个人都惊奇地看着他。

“你说在差二十分一点的时候，你亲耳听见雷切特和列车员说过话？”

波洛复述了一遍发生过的事。

“那，”布克先生说，“这至少证明卡塞蒂——我还是继续叫他雷切特吧——在差二十分钟一点的时候的确还活着。”

“准确地说，是差二十三分一点。”

“那么正式的说法，是十二点三十七分，雷切特先生还活着。至少这是一个事实。”

波洛没有回答，只是坐在那儿沉思地看着前方。

此时敲门声响起，餐车服务员走了进来。

“现在餐车已经空了，先生。”他说。

“我们去那儿吧。”布克先生说着站起身。

“我能一起去吗？”康斯坦汀问道。

“当然了，我亲爱的大夫。除非波洛先生反对？”

“当然不，当然不。”

一番客气的“你先请”“不，你先请”之后，他们离开了房间。

第二部　证词

第一章　列车员的证词

餐车内一切准备就绪。

波洛和布克先生一起坐在桌子的一边，医生隔着通道坐在另一边。

波洛前面放着一张斯坦布尔－加来车厢的平面图，上面用红笔标着每个旅客的姓名。护照和车票堆在另一边。桌子上还有信纸、墨水、钢笔和铅笔。

“很好，”波洛说，“我们的调查法庭即刻开庭。首先，我们得听听列车员的证词。可能你对这个人有一定的了解。他有什么性格特点？他说的话是否可靠？”

“我得说他很可靠。皮埃尔·米歇尔在这个公司已经工作了十五年。他是个法国人——住在加来附近。品行端正，诚实本分。也许，头脑不怎么灵活。”

波洛会意地点点头。“好的，”他说，“让我们见见他吧。”

虽然皮埃尔·米歇尔多少恢复了点冷静，但仍然很紧张。

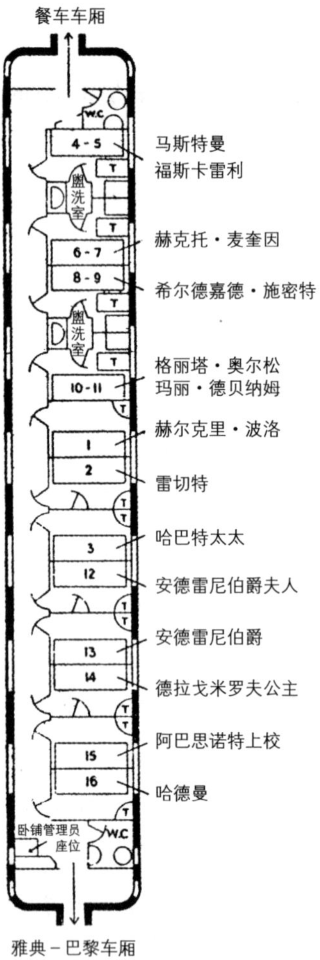

斯坦布尔－加来车厢平面图

“但愿先生不会认为我的工作有所疏忽，”他焦急地说道，看了看波洛，又看看布克先生，“发生这种事太可怕了。不管怎样，先生不会认为我跟这件事也有关联吧？”

打消了他的顾虑之后，波洛开始问问题。他先问了米歇尔的姓名、住址、服务年限以及在这条特定的路线上工作了多久。虽然波洛已经了解了这些情况，但这些例行提问会让对方平静下来。

“现在，”波洛继续说道，“我们说说昨晚的事情。雷切特先生上床休息，是几点钟？”

“大约是晚饭之后，先生。事实上是在我们离开贝尔格莱德之前。前天晚上也是这样。晚饭的时候他吩咐我铺好床铺，我照做了。”

“之后有没有人去过他的房间？”

“他的仆人，先生。还有那位年轻的美国先生，他的秘书。”

“还有别人吗？”

“没了，先生，据我所知没有了。”

“好的。那么，这是你最后一次看到他或者听到他说话吗？”

“不是的，先生。您忘了吗，大约差二十分钟一点的时候，他按过铃——我们停车后没多久。”

“究竟是什么事？”

“我敲了敲门，但是他大声说他弄错了。”

“用英语说的，还是法语？”

“法语。”

“他的原话是什么？”

“没事，我按错铃了。”

“完全正确。”波洛说，“我听到的也是这样。然后你就走了？”

“是的，先生。”

“你回到自己的座位上了？”

“没有，先生，我先是去应了另外一个刚刚响的铃。”

“现在，米歇尔，我要问你一个重要的问题。一点一刻的时候你在哪里？”

“我吗？先生，我在过道尽头我的小座位上。”

“你确定吗？”

“是的，不过——”

“什么？”

“我去过隔壁车厢，那节雅典车厢，跟我的同事聊天。我们谈起了这场大雪。那时刚过一点钟，我说不好确切的时间。”

“然后你就回来了——什么时候？”

“又有铃声响了，先生。我记起来了，我跟您说过。是那位美国太太，她按了好几次。”

“我记得，”波洛说，“后来呢？”

“后来？先生，我听到您的铃声还给您送去了矿泉水。

然后，大概半小时之后，我给另外一个房间的客人铺床去了，就是那位年轻的美国先生，雷切特先生的秘书。”

“你去铺床的时候，麦奎因先生是单独一个人在房间里吗？”

“那位十五号房间的英国上校跟他在一起。他们正坐着聊天。”

“上校离开麦奎因先生的房间之后，做了些什么？”

“他回自己的房间了。”

“十五号房间，离你的座位很近，是吗？”

“是的，先生，过道尽头倒数第二个房间。”

“他的床已经铺好了吗？”

“是的，先生，他吃晚饭的时候我就铺好了。”

“这都是什么时候的事？”

“我说不上确切的时间，先生，肯定不超过两点钟。”

“后来呢？”

“后来，先生，我就在自己的位子上坐到早晨。”

“你没再去雅典车厢吗？”

“没有，先生。”

“也许你睡着了？”

“我想没有，先生。火车停住不动，我就不像平时那样容易睡着了。”

“你看到有旅客在过道里走动吗？”

他想了想。“我想，有位太太去过过道尽头的洗手间。”

“哪位？”

“我不知道，先生。她在过道那头，很远，而且背对着我。她穿了一件猩红色的和服式睡衣，上面绣着龙。”

波洛点点头。“后来呢？”

“没什么了，先生，天亮前没什么事。”

“你确定吗？”

“啊，对不起，先生，您——您自己开开门，向外看了看。”

“这就对了，我的朋友，”波洛说，“我就是想知道你是不是忘了。我好像是被什么重东西撞在我门上的声音给惊醒了，你知道是怎么回事吗？”

那人瞪着他。“没有，先生，我什么也没听见，我肯定。”

“那我肯定是做噩梦了。”波洛平静地说。

“除非，”布克先生插嘴道，“你听到的声音是隔壁房间的。”

波洛没有理会这个意见，可能他不想在列车员面前讨论这个问题。

“我们说说下个问题。”他说，“假定昨天有个杀手上了火车，能否确定他犯案之后没离开火车？”

皮埃尔·米歇尔点了点头，表示肯定。

“他也没有可能躲在什么地方吗？”

“车上已经仔细搜查过了，”布克先生说，“放弃这种想法吧，我的朋友。”

“而且，”米歇尔说，“只要有人上了卧铺车，就休想逃过我的眼睛。”

“上一站是哪里？”

“温科夫齐。”

“什么时间？”

“原本应该在十一点五十八分离站，但是由于天气原因，晚了二十分钟。”

“可能有人从普通车厢跑过来呢？”

“不会的，先生。供过晚饭，普通车厢和卧铺车厢之间的门就锁上了。”

“你在温科夫齐下过车吗？”

“是的，先生。和平时一样，我到了站台上，站在车厢的脚踏板旁边，其他列车员也是如此。”

“前面的门呢——靠近餐车的那个？”

“一直都是从里面闩着的。”

“现在没有闩上。”

列车员显得很惊讶，后来恢复了平静。“肯定是哪位旅客打开门看雪去了。”

“也许吧。”波洛说。

他沉思着用手指在桌子上敲了一两分钟。

“先生不会责怪我吧？”列车员怯生生地问道。

波洛亲切地冲他笑笑。

“也许纯属巧合，我的朋友。”他说，“啊，我想起另外一个问题。你说过，你在蔽雷切特先生的房门时，另外一个地方又响铃了。实际上我也听见了。是谁？”

“是德拉戈米罗夫公主，她吩咐我叫她的女仆来。”

“你去了吗？”

“是的，先生。”

波洛若有所思地研究着面前的平面图，然后点点头。

“目前就这些问题了。”他说。

“谢谢，先生。”

列车员站起来，看着布克先生。

“别难过了，”后者亲切地说，“我看不出你有什么失职的地方。”

皮埃尔·米歇尔高兴地离开了房间。

第二章　秘书的证词

波洛沉思了一会儿。

“我想，”他终于开口说道，“根据我们现在所了解的，最好还是跟麦奎因先生进一步谈谈。”

年轻的美国人迅速出现了。

“好吧，”他说，“进展得怎么样了？”

“不算太糟。上次我们谈过之后，我知道了一些事——雷切特先生的身份。”

赫克托·麦奎因感兴趣地凑近了一些。“是吗？”他说。

“就像你猜的那样，‘雷切特’是个化名，雷切特就是卡塞蒂，那个臭名昭著的专业绑匪，包括那起有名的小黛西·阿姆斯特朗绑架案。”

麦奎因露出了极为惊讶的表情，接着沉下脸来。“这个该死的浑蛋！”他大声说道。

“你对此毫不知情吗，麦奎因先生？”

“是的，先生。”年轻的美国人果断地回答道，“要是我知道，宁可砍掉右手，也不会给他去当秘书。”

“你的反应很激烈，麦奎因先生？”

“这是有特殊原因的。当年，我父亲是处理这个案子的地方检察官，波洛先生。我不止一次见过阿姆斯特朗太太——她是位美丽、温柔的女士，但悲痛欲绝。”他的脸色又暗了下来，“这应该是雷切特，或者说是卡塞蒂应得的报应。我很高兴他有这么个下场。这种人不配活着！”

“看起来，你恨不得是自己亲手杀了他？”

“我会的，我——”他停住了，急得涨红了脸补充道，“我好像是在给自己定罪。”

“如果你对你老板的死表现得过于悲伤，麦奎因先生，我反而会更怀疑你了。”

“我觉得，就算能让自己免于坐电椅，我也不会那么做的，”麦奎因坚决地说，接着又补充道，“请原谅我的过分好奇，你是怎么发现这个的？我是说卡塞蒂的身份。”

“在他房间里一封信的碎片上发现的。”

“可是，肯定……我是说……那个老头子太粗心了。”

“那取决于，”波洛说，“每个人不同的观点。”

年轻人似乎觉得这话难以理解。他盯着波洛，好像在努力理解他的意思。

“目前我的任务是，”波洛说，“弄清楚火车上每位旅客的行动。你知道，我无意冒犯谁，只是例行公事。”

“当然。那就这么做吧。如果可以，让我澄清一下我的情况。”

“我不用问你的房间号码了，”波洛笑着说，“因为我们同住过一晚。二等车厢的六号和七号床铺，而且我走了之后，你就一个人住了。”

“没错。”

“现在，麦奎因先生，我想请你讲述一下昨晚离开餐车以后你的行踪。”

“很简单。我回到我的房间，看了会儿书，到贝尔格莱德之后去了站台，天气太冷，于是就回来了。我跟隔壁房间的英国小姐聊了一会儿，后来又跟那个英国人，阿巴思诺特上校，聊了起来——事实上我们说话的时候你正好从旁边经过。接着我去找雷切特先生，就像我跟你说的，记一些他想写的备忘信件。道过晚安之后，我就离开了。阿巴思诺特上校仍然站在过道上，他的卧铺已经铺好了。所以我提议一起去我的房间。我要了两份饮料，接着坐着喝了起来。我们讨论着世界政治、印度政府、国内禁酒令带来的麻烦，还有华尔街危机。我平时不太喜欢英国人——他们太顽固——但我喜欢这位。”

“你知道你们聊完时是几点吗？”

“很晚，快两点了，我想。”

“你注意到火车已经停了吗？”

“哦，是的，我们还有点奇怪呢。朝窗外一看，地上的雪很厚，但我们没想到会这么严重。”

“阿巴思诺特上校道了晚安之后呢？”

“他回自己的房间去了，而我则让列车员给我铺床。”

“他铺床的时候你在哪儿？”

“就站在门外的过道上吸了一支烟。”

“后来呢？”

“后来我就上床睡觉直到天亮。”

“昨晚你下过车吗？”

“阿巴思诺特和我打算在那个——那个地方叫什么来着？——温科夫齐——伸伸腿脚。但是天气太冷了，还有暴风雪，我们就跳回车上了。”

“你们是从哪扇门下的车？”

“离我们房间最近的那扇。”

“挨着餐车的那扇？”

“是的。”

“你记不记得当时门是否是闩着的？”

麦奎因考虑了一下。

“嗯，是的，我好像记得是闩着的，至少门把手上插着个棍子。你指的是这个吗？”

“是的。你们回来的时候把棍子又闩回去了吗？”

“唔，没有，我记得我没有。我在他后面。不，我记得我没有闩。”他忽然补充说，“这很重要吗？”

“可能吧。现在，先生，我假设一下，你跟阿巴思诺特上校坐着聊天，你房间里通向过道的门是开着的吗？”

赫克托·麦奎因点点头。

“如果可能，我想请你告诉我，从火车离开温科夫齐之后到你们分开回房间睡觉这段时间，有人从过道上经过吗？”

麦奎因的眉毛拧在了一起。

“我想，列车员走过去一次，”他说，“从餐车那边过来的。还有个女人从另一头走过来，去餐车那个方向。”

“哪个女人？”

“很难说。我真没注意到。你也看到了，我正跟阿巴思诺特上校辩论，好像看到过一眼有个穿红衣服的人从门口经过。我没看见，而且也看不到那个人的脸。你知道，我的房间对着餐厅那头，所以这个女人朝那个方向走过去，我也只能看见她的背影。”

波洛点点头。“我猜她是要去洗手间吧？”

“我想是这样的。”

“你看到她回来了吗？”

“哦，没有，既然你提到了，虽然我没注意，但我想她肯定是回来了。”

“还有一个问题。你抽烟斗吗，麦奎因先生？”

“不，先生，我不抽。”

波洛停了一会儿。“我想就这些吧。现在我要见见雷切特先生的仆人。顺便问一句，你跟他旅行时都坐二等车吗？”

“他坐。不过我经常坐头等——如果可能，就在雷切特先生隔壁的房间。他把大部分行李都放在我的房间，这样就方便找东西或者叫我了。但这次，所有的一等铺位都订完了，只有他订到一个房间。”

“我知道了。谢谢你，麦奎因先生。”

第三章　男仆的证词

美国人走了之后，进来的是那个脸色苍白、面无表情的英国人。波洛在前一天就注意到这个人了。他端端正正地站在那儿。波洛示意他坐下。

“我知道你是雷切特先生的仆人。”

“是的，先生。”

“你的名字是？”

“爱德华·亨利·马斯特曼。”

“多大了？”

“三十九岁。”

“家庭住址？”

“克拉肯威尔，福莱尔大街二十一号。”

“你的主人被杀害了，你听说了吗？”

“是的，先生，非常令人震惊。”

“现在可否请你告诉我，你最后一次见到雷切特先生是在什么时候？”

仆人回想着。

“应该是昨晚的九点钟左右，或者再晚一点。”

“请你回忆一下当时发生的事。”

“和平时一样，我去找雷切特先生，伺候他。”

“你的职责都是些什么？”

“帮他把衣服叠好或者挂起来，把他的假牙泡到水里，看看他睡前还有什么需要的。”

“他的举止跟平时一样吗？”

仆人考虑了一阵子。

“呃，先生，我觉得他很心烦。”

“心烦？什么表现？”

“为了他正在看的一封信。他问是不是我把那封信放在他房间的。当然，我跟他说我什么也没做过。他骂了我一顿，无论我做什么他都能挑出错来。”

“这很不寻常吗？”

“哦，算不上，先生，他很容易发火——我说过，他心烦的时候就会这样。”

“你的主人吃过安眠药吗？”

康斯坦汀医生身子往前靠了靠。

“坐火车旅行的时候就吃，先生。他说不吃他就睡不着。”

“你知不知道，他常用的安眠药是什么？”

“我不知道，先生，真的。瓶子上没有药名，只写了‘睡前服用安眠药’。”

“昨晚他服用过吗？”

“服了，先生。我把药倒进杯子里，给他放在梳妆台上了。”

“你没有看到他喝下去吗？”

“没有，先生。”

“后来呢？”

“我问他还需要些什么，还问了早上几点叫他起床。他说如果不按铃就不要去打扰他。”

“平时也这样吗？”

“很常见的，先生。他要起床的时候就会按铃叫列车员过去，让他再来叫我。”

“通常他是早起还是晚起？”

“这要看他的心情，先生。有时候他会起来吃早饭，有时候会一直睡到午饭时间。”

“所以一早上都没叫你，你也不觉得奇怪了？”

“是的，先生。”

“你知道你的主人有仇人吗？”

“知道，先生。”这人无动于衷地说。

“你怎么知道的？”

“我听见他跟麦奎因先生说过几封信，先生。”

“你对你的主人有感情吗，马斯特曼？”

马斯特曼的脸色变得比平时更加漠然了。

“我不想说，先生，他是个大方的主人。”

"可你不喜欢他？"

"能不能说成我不太喜欢美国人，先生？"

"你去过美国吗？"

"没有，先生。"

"你有没有看过报纸上刊登的阿姆斯特朗绑架案？"

他的两颊微微有些发红。

"确实看过，先生，还是个小女孩儿，是吗？一件让人震惊的案子。"

"你知不知道你的主人，雷切特先生，在那个案子中是主谋？"

"我真不知道，先生。"这个仆人的声音里第一次流露出热度，"简直令人难以相信，先生。"

"然而这是真的。现在，说说你昨晚的活动。例行程序，你明白的。离开主人之后，你做了些什么？"

"先生，我告诉麦奎因先生，主人叫他。然后我就回自己的房间看书去了。"

"你的房间是？"

"二等车厢的尽头，先生，靠着餐车。"

波洛看着平面图。

"我知道了。你在上铺还是下铺？"

"下铺，先生。"

"是四号吗？"

"是的，先生。"

“有人跟你一起住吗？”

“有，先生，是个意大利大块头。”

“他说英语吗？”

“呃，英语的一种，先生。”仆人的语气里有种挖苦的味道，“我知道，他在美国的芝加哥待过。”

“你跟他经常聊天吗？”

“不，先生，我宁愿看书。”

波洛笑了。他能想象这幅景象——一个高大、爱说话的意大利人和一个冷若冰霜的“绅士中的绅士”。

“我能问问你读的是什么书吗？”他问。

“现在我正在看《爱的俘虏》，阿拉贝拉·理查森夫人写的。”

“写得好吗？”

“我觉得很好看，先生。”

“好，我们继续吧。你回到房间，看《爱的俘虏》看到什么时候？”

“大约是十点三十分，先生。那个意大利人想睡觉了，所以列车员就过来铺床。”

“然后你就上床睡觉了？”

“我上床了，先生，但是没睡着。”

“你为什么没睡着？”

“我牙疼，先生。”

“哎呀呀，那很疼的。”

“非常疼，先生。”

“你没有吃点药什么的？”

“我抹了一点丁香油，先生，疼痛缓解了一点，可还是睡不着。我打开床头灯继续看书——好让自己忘记疼痛。”

“那你就根本没睡着？”

“不，先生，早上四点钟的时候我睡着了。”

“你的同伴呢？”

“那个意大利家伙？哦，他一直打呼噜。”

“整个晚上他都没离开房间吗？”

“没有，先生。”

“你呢？”

“也没有，先生。”

“晚上你听到什么动静没有？”

“没有，先生。我是说没听见什么异常的动静。火车停了，四周很静。”

波洛沉默了片刻才说道：

“嗯，我还有个小问题要问。你对这个惨剧一点头绪也没有吗？”

“恐怕是这样的，很抱歉，先生。”

“就你所知，你的主人和麦奎因先生之间有过争吵或者仇怨吗？”

“哦，没有，先生。麦奎因先生是位很好的绅士。”

“你在服侍雷切特先生之前，在哪里工作？”

“跟亨利·汤姆林森爵士，先生，在格罗夫诺广场。”

“你为什么离开他？”

“他打算去东非，先生，不再需要我的服侍了。但是我肯定他会为我作证明的，先生，我跟随他好几年了。”

“那么，你跟随雷切特先生多久了？”

“只有九个多月，先生。”

“谢谢你，马斯特曼。顺便问一句，你抽烟斗吗？”

“不，先生，我只抽卷烟——廉价的，先生。”

“谢谢你，就这些。”

波洛向他点点头，示意他可以离开了。

仆人犹豫了一会儿。

“请原谅，先生，但是那位美国老太太——我该怎么说呢——情绪很激动。她说她知道关于凶手的一切。她激动得不行，先生。”

“既然这样，”波洛笑笑，“最好下一个就问她。”

“需要我去告诉她吗，先生？她要求见相关负责人有一阵子了。列车员正努力安抚她。”

“让她过来吧，朋友，”波洛说，“现在我们听听她的说法。”

第四章 美国太太的证词

哈巴特太太气喘吁吁地走进餐车，激动得话都说不清楚了。

“快告诉我——谁是这儿的负责人？我有很重要的事，非常重要，我要马上告诉这儿的负责人，要是你们几位先生——”

她游移的眼神在三个人身上扫来扫去。波洛向前探了下身子。

“跟我说吧，太太，”他说，“但请您先坐下。”

哈巴特太太扑通一声重重地坐在了波洛对面。

“我要跟你说的就是这个。昨天晚上火车上发生了谋杀案，而那时凶手正好就在我房间里。”

她顿了顿，戏剧性地加重了最后一句话的语气。

“你确定吗，太太？”

“当然确定！这是什么话！我知道自己在说什么。我会原原本本告诉你所有的事。昨晚我上了床就睡着了，后来忽然醒了——四周黑漆漆的——可我知道有个男人在我房间里。我吓得都叫不出来了，如果你明白我的意思。我只能躺在那儿，心想：‘上帝啊，我要被杀死了。’我可说不上来当时是什么感觉。我只想到了让人讨厌的火车和我读到的小说里的那些暴行。我还想着：‘好吧，反正他也抢不走我的珠宝。’因为，你知道吗，我把它们装在一只长袜子里，塞进枕头下面了——这样睡上去很不舒服，有点硌人，如果你明白我的意思。但这不重要。我说到哪儿了？”

“太太，你意识到有个男人在你房间里。”

“没错，啊，我就闭着眼躺在那儿，想着该怎么办。我想，幸亏我女儿不知道我的悲惨处境。后来，我忽然灵机一动，想到伸手摸电铃，叫列车员。我按了又按，可一点动静也没有。我跟你说，我觉得我的心脏都停止跳动了。‘上帝啊，’我跟自己说，‘没准他们把火车上的人全都杀了。’火车停了，周围静得让人恶心。可我还是不停地按铃。哦，我听见走道里有脚步声传了过来，有人在敲门，这才放下心喘口气。‘进来！’我叫着，同时拧开了灯。信不信由你，那儿连个人影也没有！”

这似乎不是哈巴特太太的结束语，而正是戏剧的高潮部分。

“后来呢，太太？”

“后来我告诉列车员发生了什么事，可他好像还不相信，还以为是我在做梦。我让他看看床底下，可他说床底下那么窄，藏不下什么人。这明摆着那个人肯定是跑掉了。绝对有个人进来过，但那个列车员就只是安慰我，我快被他气疯了！我可不是个爱胡思乱想的人，先生——我还不知道你的名字呢？”

“波洛，太太。这位是布克先生，公司的董事。这位是康斯坦汀医生。”

哈巴特太太咕哝着：“很高兴见到你们，真的。”她心不在焉地跟三个人打了招呼，接着又陷进自己的故事之中了。

“我现在不敢说我当时很清醒，我当时觉得就是隔壁的那个男人——现在已经被杀的那个可怜的家伙。我让列车员看看两个房间之间的连通门，肯定没闩上，我一下子就看到了。我当时就让他闩上了。他走了之后，我下床找了个箱子顶上门，以确保安全。”

“那时几点了，哈巴特太太？”

“唔，我可说不出来。我心里乱得要命，根本没看表。”

“那你的看法是什么呢？”

“啊，我得说，这再明白不过了。在我房间里的那个人就是凶手。除了他还会有别人吗？”

“那你认为他又回到隔壁房间去了？”

“我怎么知道他去哪儿了？我紧闭着眼呢。”

“可能他从门口溜到过道上去了。”

“哦，我可不知道。你知道的，我紧闭着眼呢。”

哈巴特太太忽然发作似的叹了口气。

“上帝啊，吓死我了！要是我女儿知道——”

“太太，你认为你听到的不是有人在隔壁房间走动的声音吗——在被害人的房间里？”

“不，不会，先生——您叫什么来着？——波洛。那个男人就和我在一个房间里。关键是，我有证据。”

她得意地拿出一个大手袋，在里面摸索着。

她把东西一件一件地拿了出来：两块干净的大手帕，一副牛角框眼镜，一瓶阿司匹林，一包芒硝，装在一个塑料盒里的鲜绿色的薄荷糖，一串钥匙，一把剪刀，一本美国运通支票，一张相貌极其普通的小孩照片，几封信，五串仿造的东方念珠，此外还有一个小小的金属物件——一个纽扣。

“你看到这个纽扣没？这可不是我的，也不是从我的衣服上掉下来的，而是我今天早上起床的时候发现的。”

她把纽扣放在桌子上之后，布克先生凑过去检查了一下。“可这是列车员制服上的！”

“对此，可以有个合理而自然的解释。”波洛说。

他礼貌地转向这位太太。

“这个纽扣，太太，可能是从列车员的制服上掉下来的，也许是他帮你在房间中找人时掉的，也可能是昨晚为你铺床时掉的。”

“我就是不明白你们这些人都怎么了，除了跟我唱反调之外什么事也不做。听我说，昨晚我睡觉前正在看一本杂志，关灯之前我把杂志放在一个小箱子上，箱子就在靠窗的地板上。你们明白了吗？”

他们都表示明白。

“那很好。列车员在靠门的地方看了看我的床底下，然后闩上了我和隔壁房间的那扇连通门，但他根本没靠近那扇窗。可今天早上，这个纽扣就出现在杂志的上面。我想知道，你们管这个叫什么来着？”

“太太，我们叫证据。”

这个答案似乎安抚了这位太太。

“我最讨厌别人不相信我。”她说。

“你提供给我们的信息既让人感兴趣，又有价值。”波洛安慰她说，“现在我能问你几个问题吗？”

“啊，没问题。”

“既然你这么害怕这个雷切特，为什么不把两个房间之间的联通门闩上呢？”

“我闩上了。”哈巴特太太迅速答道。

“哦，你闩上了？”

“呃，其实是我问那个瑞典女人——一个挺好的人——门是不是闩上了，她说是的。”

“你为什么不亲自去看看？”

“因为我已经上床了，而且我的手袋挂在门把手上。”

“你问她看门闩没闩的时候是几点？”

“让我想想。肯定是十点半或者十一点差一刻，她过来看我有没有阿司匹林。我告诉她在哪儿，于是她从我的手袋里拿走了。”

“你是躺在床上的吗？”

“是的。”

说到这儿，她忽然大笑起来。“可怜的人——她心烦意乱的，你瞧，她居然不小心打开了隔壁房间的门。”

“雷切特先生的？”

“是的。你知道，在火车上每扇门都是关着的，她错开了他的门，这事儿让她很懊恼。他大笑了几声，我猜他可能说了些不好听的话。可怜的人，她苦恼极了。‘哦，我犯了个错，’她说，‘这真是让人羞愧。不是好人，’她说，‘他说我太老了。’”

康斯坦汀医生吃吃地笑了起来。哈巴特太太当即瞪了他一眼。

“他不是个好人，”她说，“对一位太太说这样的话。这种事是不应该笑的。”

康斯坦汀医生赶忙道歉。

“后来你听见雷切特先生的房间里有什么动静吗？”波洛问。

“呃，不太确定。”

“你这么说是什么意思呢，太太？”

"呃，"她顿了顿，"他打呼噜。"

"啊，他打呼噜，是吧？"

"太响了，前一晚我就没睡着。"

"你被那个在你房间里的男人吓到之后就没听见他打呼噜？"

"啊，波洛先生，我怎么能听见？他死了啊。"

"啊，是的，没错。"波洛说，一脸困惑。

"你记得阿姆斯特朗绑架案吗，哈巴特太太？"他问道。

"是的，当然记得。那个坏蛋居然逃掉了！啊，我恨不得亲手杀了他！"

"他并没有逃脱，他死了，昨天晚上死了。"

"你该不是说——"哈巴特太太激动地快从座位上跳起来了。

"是的，雷切特就是那个人。"

"哎呀，想一想，太好了！我必须写信告诉我女儿。昨晚我不是告诉过你，那人长着一张邪恶的脸吗？你看，我说对了吧。我女儿总是说：'只要我妈妈有了预感，你就可以押上所有的钱，准赢。'"

"你认识阿姆斯特朗家的人吗，哈巴特太太？"

"不。他们都是上流人士，不过我听说阿姆斯特朗太太是个可爱的美女，她丈夫也很疼爱她。"

"好啦，哈巴特太太，你给了我们很大的帮助——确实很大。可否请你告诉我们你的全名？”

“哦，当然。卡罗琳·玛萨·哈巴特。”

“能写下你的地址吗？”

哈巴特太太一面写着，嘴巴也没有停下来。“我简直不敢相信，卡塞蒂——在这列火车上。我对这个人早就有预感了，对吧，波洛先生？”

“是的，确实，太太。顺便问一句，你有没有猩红色的丝绸睡衣？”

“上帝啊，真是个奇怪的问题！哦，没有。我有两件睡衣——一件粉红色法兰绒睡衣，坐船穿很舒服；另一件是我女儿送给我的礼物，紫色的丝质睡衣，本地货。但是你问我睡衣干什么？”

“是这样的，太太。昨天晚上有人穿着一件猩红色的睡衣去了你的或者雷切特先生的房间。就像你刚才说的，所有的门都是关着的，很容易搞错。”

“哦，没有穿猩红色睡衣的人去过我的房间。”

“那她肯定是去了雷切特先生的房间。”

哈巴特太太撅着嘴，坚决地说道：“我一点都不意外。”

波洛靠过去。“那你听见隔壁有女人的声音了？”

“我不明白你怎么会这么猜想，波洛先生。我真是不明白。不过，呃，其实，我听见了。”

“但是我刚才问你听见隔壁有什么动静没，你说你只是听见他打呼噜。”

“啊，确实是这样。有阵子他是在打呼噜，至于其他时候——”哈巴特太太的脸红了，“真是不太好讲。”

“你听见有女人的声音是什么时候？”

“说不上来。我醒了一会儿，听见一个女人在说话。很明显她就在那儿。所以我就想：‘哦，他是这种人，我可不奇怪。’然后我又睡着了。如果不是你逼问我，我绝对不会向三个陌生的男人提起这种事。”

“这是那个你房间里的男人吓到你之前还是之后？”

“啊，你又像刚才那样问问题了！如果他死了，怎么可能跟一个女人说话？”

“对不起。你肯定认为我很蠢，太太。”

“我猜就算是你这样的人，也会时不时地犯糊涂。我只是没想到居然是卡塞蒂那个魔头。我女儿知道了会说……”

波洛手脚麻利地帮这位好心的太太把东西放进手袋里，然后陪她朝门口走去。

在最后一刻，他说：

“你的手帕掉了，太太。”

哈巴特太太看了看他递给她的那块小小的棉纱手帕。

“那不是我的，波洛先生。我的在这儿呢。”

“对不起，我看见上面有个首字母‘H’，以为是——”

“哦，真是有意思，不过真不是我的。我的那上面绣着C.M.H.，面料很实用——不是那种巴黎产的高级样子货。这种手帕对人的鼻子有什么好的？”

三个人似乎都不能回答这个问题，哈巴特太太得意地走出了房门。

第五章　瑞典太太的证词

布克先生拿着哈巴特太太留下的纽扣。

“这个纽扣，我真不明白。这就意味着，在某种意义上，皮埃尔·米歇尔也卷进去了吗？”他问道，顿了顿，看波洛没有回答，便又说，“你怎么看，我的朋友？”

“这个纽扣说明了几种可能性，”波洛若有所思地说，“在讨论我们所听到的证词之前，先找那位瑞典女士谈谈吧。”

他整理了一下摆在面前的一沓护照。“啊，在这儿！格丽塔·奥尔松，四十九岁。”

布克先生吩咐餐车服务员过去。没多久，一位盘着浅黄色发髻、长着一张和善的山羊脸的女人被领了进来。她透过眼镜匆匆看了波洛一眼，神情很平静。

知道她懂法语，所以这场谈话就用了这种语言。波洛首先问了几个他已然知道答案的问题——姓名、年龄、住址。还问了她的职业。

她说她在斯坦布尔附近的一所教会学校做护士长，是受过专门训练的护士。

“你知道昨晚发生什么了吗，小姐？”

“当然。太可怕了。那位美国太太跟我说，事实上凶手进过她的房间。”

“我听说，小姐，你是最后见到被害人还活着的人？”

“我不知道。可能吧。我错开了他房间的门，我觉得很羞愧。真是个让人尴尬的错误。”

“你真的看见他了？”

“是的。他在看一本书。我赶紧道了歉，就退出来了。”

“他跟你说什么了吗？”

这位值得尊敬的女士的脸颊上飞起了一片红晕。

“他大笑了几声，说了几句——我听得不太清楚。”

“之后你又做什么了，小姐？”波洛巧妙地转移了话题。

“我去找那位美国太太了，哈巴特太太，向她要了几片阿司匹林，她给了我。”

“她有没有问你，她和雷切特先生房间中间的连通门闩上了没有？”

“问了。”

“闩了吗？”

“是的。”

“后来呢？”

“后来我回到自己房间，吃了阿司匹林就上床了。”

“是什么时候？”

“上床的时候是十一点差五分，我给表上弦的时候看过。”

“你很快就睡着了吗？”

“不算很快，头不那么疼了，但是过了一段时间才睡着。”

“你上床之前火车停下来了吗？”

“没有。我觉得在我昏昏欲睡的时候，火车在一个站停了。”

“应该是温科夫齐。小姐，你的房间是这一间吗？”他指着平面图问。

“是的，是这间。”

“你在上铺还是下铺？”

“下铺，十号。”

“有人跟你同住一间吗？”

“有，一位年轻的英国小姐。人很好，很可爱，从巴格达上的车。”

“火车离开温科夫齐之后，她离开过房间吗？”

“没有，我肯定她没有。”

“可要是你睡着了，为什么还这么肯定呢？”

“我睡觉很轻，一点声音就能把我吵醒。如果她从上铺下来，我肯定会醒过来。”

“你离开过房间吗？”

“今天早晨之前都没离开过。”

“你有没有一件猩红色的丝绸睡衣，小姐？”

“没有，真的。我有件耶格尔纯毛料的睡衣，很舒服。”

“跟你住在一起的那位——德贝纳姆小姐呢？她的睡衣是什么颜色的？”

“一件淡紫色的骆驼毛材质的，在东方买的那种。”

波洛点点头，然后和气地问：“你为什么来旅行呢？度假吗？”

“是的，我要回家度假。不过我要先去洛桑跟我妹妹住一个星期左右。”

“你人真好，介不介意写下你妹妹的姓名和住址？”

“当然可以。”

他递给她一张纸和一支铅笔，她按要求写下了姓名和住址。

“你去过美国吗，小姐？”

“没有。那次我差一点就去了。是跟一位虚弱的太太去，不过行程在最后一刻被取消了。我很遗憾。美国人都很好，他们花了很多钱办学校和医院，而且他们还很务实。”

“你记得阿姆斯特朗绑架案吗？”

“不知道，是怎么一回事？”

波洛向她解释了一下。

格丽塔·奥尔松很愤慨，连黄色的发髻也跟着颤抖起来。

“世界上居然有这么邪恶的人！简直不是人。那位可怜的妈妈——我都替她难受。”

那位好心的瑞典小姐，善良的脸涨得通红，眼睛饱含着泪水，离开了。

波洛连忙在一张纸上写了起来。

“朋友，你在写什么？”布克先生问。

“亲爱的，我有整洁有序的习惯。我在写事件发生的时间表。”

写完以后，他把纸递给了布克先生。

九点一刻	火车开出贝尔格莱德。
大约九点四十分	男仆准备好安眠药，离开雷切特。
大约十点整	麦奎因离开雷切特。
大约十点四十分	格丽塔·奥尔松看见雷切特（最后一个看到他活着的人）。注意：他还在看书。
零点十分	火车开出温科夫齐（晚点）。
零点三十分	火车陷进雪堆里。
零点三十七分	雷切特的铃响了，列车员去应门，雷切特用法语说：“没事，我按错铃了。”

大约一点十七分　哈巴特太太认为有个男人在她
房里，按铃叫列车员。

布克先生赞赏地点点头。

“很清楚。”他说。

“你觉得有什么奇怪的地方吗？”

“没有。一目了然。凶案发生在一点十五分，这再明白不过了。金表就是个证据，跟哈巴特太太说的也相符。根据我的想法，我能猜出凶手的特点。我的朋友，要我说就是那个意大利大块头。他来自美国——芝加哥。别忘了，意大利人的武器就是刀，而且他还刺了不止一下，而是好几下。”

“没错。”

“不用怀疑，这就是答案。他跟这个雷切特在绑架案中显然是一伙的。卡塞蒂就是个意大利名字。后来，雷切特做了什么事，出卖了他。意大利人跟踪了他，先是给他写恐吓信，最后采取了残忍的报复手段。就这么简单。”

波洛怀疑地摇摇头。

“恐怕没那么简单。”他咕哝道。

“我相信这就是事实。”布克先生说，越发相信自己的推论。

“那么那个牙疼的男仆发誓说意大利人从来没有离开过自己的房间，怎么解释呢？”

“很难解释。”

波洛眨眨眼睛。

“确实很烦人。雷切特的男仆居然牙疼了，这对你的推论很不利，可是对我们的意大利朋友来说，很是幸运啊。”

“会解释得通的。”布克先生十分自信。

波洛摇摇头。

“不，没那么简单。”他又咕哝道。

第六章　俄国公主的证词

“我们听听皮埃尔·米歇尔对这个纽扣有什么话说。”波洛说。

列车员又被叫了过来。他诧异地看着他们。

布克先生清了清喉咙。

“米歇尔，”他说，“这是你制服上的一个纽扣，是在美国太太的房间里发现的。关于这一点，你有什么要说的吗？”

列车员下意识地摸了摸制服。“我没掉纽扣，先生，肯定是弄错了。”

“真奇怪。”

“我无法解释，先生。”列车员有些吃惊，但看起来并不心虚或者慌张。

布克先生意味深长地说：“根据这个纽扣被发现的地方看，应该是从昨晚她按铃时在她房间里的那个人身上掉下来的。”

“可是，先生，那儿没有人。肯定是那位太太想象出来的。”

“她没有想象，米歇尔，杀害雷切特的凶手确实经过了她的房间——并且掉了这个纽扣。”

米歇尔一明白布克先生话中的含义，立刻变得万分焦虑。

“不是的，先生，不是的！”他喊了起来，“您是在指控我犯了罪。我，我是清白的。我绝对清白！我为什么要杀死一个从来没见过的先生？”

“哈巴特太太按铃的时候你在哪儿？”

“我告诉过您，先生，我在隔壁车厢跟同事聊天。”

“我们会叫他来的。”

“叫他来吧，先生，求您了，叫他来。”

隔壁车厢的列车员被叫了进来。他立刻证实了米歇尔的话。他还说布加勒斯特车厢上的列车员也在那儿。三个人一直在讨论这场雪引发的事故，大约聊了十分钟，这时米歇尔听见铃声，他打开了连接两节车厢的那扇门。他们也清楚地听见了铃声——电铃一直按个不停。米歇尔马上飞快地跑去查看了。

“所以您瞧，先生，我是无罪的。”米歇尔着急地大声说道。

“纽扣是从列车员制服上掉下来的，这你怎么解释？”

“我解释不了，先生。我也不明白。我所有的纽扣都完好无损。”

其他两个列车员也宣称他们没有掉纽扣，而且也从未去过哈巴特太太的房间。

“冷静点，米歇尔，”布克先生说，“回想一下你听见哈巴特太太的铃声之后跑过去的情形。你在过道上有没有看见什么人？”

“没有，先生。”

“你有没有看见有人朝相反的方向跑去？”

“也没有，先生。”

“奇怪。”布克先生嘀咕了一声。

“也不算奇怪，”波洛说，“这是个时间问题。哈巴特太太醒过来发现有人在她房间。有那么一两分钟她吓得一动也不敢动。也许就在这个时候，这人溜进了过道里，然后她才开始按铃。但是列车员并没有马上过来，响了三声或四声他才听到。我可以说，有足够的时间——”

“足够的时间干什么，干什么呢，亲爱的？火车周围可都堆满了厚厚的积雪啊。”

“我们那位神秘的凶手有两条路可走，”波洛缓缓地说道，“他可以退到洗手间，或者藏在某个房间里。”

“但是房间都满了。”

“是的。”

“你是说，他回自己的房间了？”

波洛点点头。

“这就对了，对了，”布克先生喃喃地说，“在列车员不在车厢的十分钟内，凶手从自己的房间里出来，进到雷切特的房间，杀了他，从里面锁上门，扣上链条，再从哈巴特太太的房间里出去，列车员到车厢的时候他已经安全回到自己房间里了。”

波洛咕哝着：“这可没那么简单，我的朋友。我们的医生朋友可以告诉你。”

布克先生做了个手势，示意三个列车员可以离开了。

“我们还得见八个旅客，”波洛说，“五位头等厢的旅客——德拉戈米罗夫公主、安德雷尼伯爵夫妇、阿巴思诺特上校和哈德曼先生；三位二等车的——德贝纳姆小姐、安东尼奥·福斯卡雷利和女仆弗洛林·施密特。”

“你要先见谁——意大利人？”

“你怎么总是唠叨这个意大利人！不，我们先问身份最高的人。也许德拉戈米罗夫公主愿意抽点时间跟我们谈谈。米歇尔，请她过来吧。”

“是，先生。”列车员就要朝门外走。

“告诉她，如果她觉得来这里麻烦的话，我们可以去她的房间里谈。”布克先生吩咐道。

但是德拉戈米罗夫公主并不介意来这里。她走进餐车，微微偏着头，坐在波洛对面。

她那小小的蛤蟆般的脸比前一天更黄了。她真的很难看，就像个癞蛤蟆，一双傲慢的黑眼睛闪着宝石般的光，显示着她那潜在的精力和一眼就能感受到的智慧。

她声音低沉、清晰，只是有点刺耳。

她打断了布克先生辞藻华丽的道歉。

“用不着道歉，先生们。我明白发生了一起凶杀案。自然，你们得询问所有的旅客。我会尽我所能帮助你们。”

“您真是太善良了，夫人。”波洛说。

“不客气，这是种责任。你想知道些什么？”

“您的教名和住址，夫人，也许您想自己写下来？”

波洛递给她一张纸和一支铅笔，可公主把它们推到了一旁。

“你可以写，”她说，“反正也不难。娜塔丽亚·德拉戈米罗夫。巴黎克莱贝尔大街十七号。”

“您是从君士坦丁堡搭车回家吗，夫人？”

“是的。我在奥地利大使馆待过，我的女仆跟着我。”

“您是否愿意将您昨天晚饭后的活动跟我们说一下？”

“非常愿意。我在餐车的时候吩咐列车员给我铺床，晚饭后我立刻上了床，看书看到十一点，然后就关了灯。因为风湿性疼痛发作，我一直睡不着。一点差一刻，我按铃叫女仆过来。她给我按摩，还为我读书，直到我睡着了。我不知道她具体是什么时间离开的，可能是半小时后，也可能更晚一点。”

“那时火车停了吗？”

“火车已经停了。”

“您没听见什么不寻常的声音吗，夫人？”

“没听到。”

“您的女仆叫什么名字？”

“希尔德嘉德·施密特。”

“她跟随您很久了吧？”

“十五年了。”

“您认为她可靠吗？”

“绝对可靠。她来自我死去的丈夫的德国领地。”

“我猜您去过美国吧，夫人？”

话题的突然转变让老太太抬了抬眉毛。“很多次。”

“您是否认识阿姆斯特朗一家——遭遇惨剧的那一家？”

老太太的声音有些激动。“你说的是我朋友吧，先生？”

“那么，您跟阿姆斯特朗上校很熟了？”

“不是很熟。但是他太太索妮亚·阿姆斯特朗是我的教女。我跟她母亲交情颇深，那个演员，琳达·阿登。琳达·阿登是个伟大的天才，全世界最伟大的悲剧演员之一。麦克佩斯女士和玛格达都赶不上她。我不仅是她艺术的崇拜者，还是她的挚友。”

“她去世了吗？”

“不，不，她仍健在，但是已经退出了舞台，她身体不好，大部分时间都躺在沙发上。”

“我想，她是不是还有个女儿？”

"是，比阿姆斯特朗太太小多了。"

"那么她还活着吗？"

"当然。"

"她在哪儿？"

老太太敏锐地看了他一眼。

"我得问问你，为什么问我这些问题。跟现在这个案子，车上的谋杀案，有关系吗？"

"有这样的关系，夫人。被杀的那个人就是绑架阿姆斯特朗太太女儿的主谋。"

"啊！"

德拉戈米罗夫公主的两道剑眉拧在了一起，身子也稍稍挺直了。

"照我看，这起谋杀做得真是大快人心！请原谅我的观点有些偏激。"

"这很正常，夫人。现在我们再说说您没有回答的问题。琳达·阿登的小女儿，阿姆斯特朗太太的妹妹，现在在哪儿？"

"我真不知道，先生。我跟年轻的一代人没什么往来。我认为她几年前嫁给了一个英国人，去了英国，但现在我想不起他的名字了。"

她停了片刻，接着说道：

"你还有什么问题要问我吗，先生？"

"只有一件事了，夫人。有关您的私人问题。您睡衣的颜色。”

她微微抬了抬眉毛。“我想你问这种问题肯定是有原因的。我的睡衣是黑缎子的。”

“没有问题了，夫人。非常感谢您这么爽快地回答我的问题。”

她那带着沉甸甸戒指的手微微做了个手势。然后她站起身，其他人也跟着起身，但是她站住了。

“请原谅，先生，”她说，“能问问尊姓大名吗？你很面熟。”

“夫人，我叫赫尔克里·波洛，静候您的差遣。”

她沉默了片刻，然后说道：“赫尔克里·波洛，没错，我想起来了，这是命运的安排。”

她走了，身板很直，但动作有些僵硬。

“真是一位贵妇人啊，”布克先生说，“你觉得她怎么样，朋友？”

但赫尔克里·波洛只是摇了摇头。

“我在想，”他说，“她说‘命运的安排’是什么意思。”

第七章　伯爵夫妇的证词

下一个要问的是安德雷尼伯爵夫妇。然而来到餐车的只有伯爵一个人。

面对面地看过去，毫无疑问，他是个英俊的男人。至少有六英尺那么高，肩膀宽阔，腰身细窄，穿着裁剪得体的英国花呢西服，如果不考虑他胡须的长度和颧骨的线条，准会以为他是个英国人。

“怎么，先生们，”他说，“我能帮什么忙吗？”

“我想您能理解，先生，”波洛说，“因为发生了这起案子，我有责任向所有的旅客问一些问题。”

“很好，很好，”伯爵快速说道，“我很理解你们的处境，但是恐怕我和我妻子帮不上什么忙。我们睡着了，什么也没听见。”

“您知道死者是谁吗，先生？”

“我知道他是个高个子的美国人，长着一张让人很不舒服的脸，吃饭的时候坐在那张桌子上。”说着他点头示意雷切特和麦奎因坐的那张桌子。

“是的，是的，先生，您说得很对。我是说，您知道那个人的名字吗？”

“不知道。”伯爵好像被波洛问得完全摸不着头脑。

“要是你想知道他的名字，”他说，“护照上肯定有吧？”

“他护照上的名字是雷切特，”波洛说，“但是，先生，这不是他的真名。他叫卡塞蒂，那起美国有名的绑架案的主谋。”

说这话的时候他密切地注视着伯爵，可后者似乎并没有受到这条消息的影响，只是微微睁大了眼睛。

“啊！”他说，“那么这件事肯定真相大白了，美国真是个非同寻常的国家。”

“您大概去过美国吧，伯爵先生？”

“我在华盛顿待过一年。”

“也许您认识阿姆斯特朗一家？”

“阿姆斯特朗……阿姆斯特朗……很难记起来了……遇到不少同姓的呢。”他微微一笑，耸耸肩，“但是说到现在这个案子，先生，”他说，“我还能帮你做些什么？”

“您是什么时候上床休息的，伯爵先生？”

赫尔克里·波洛偷偷看了一眼平面图，安德雷尼伯爵夫妇在相连的十二号和十三号房。

“我们在餐车的时候，一间房已经铺好了，回去之后我们在另外一间房里坐了一会儿——”

“哪一间？”

“十三号。我们玩了皮克牌。大约十一点钟，我妻子去休息了。列车员给我铺好床，我也睡了，一觉睡到第二天早上。”

“您有没有注意到火车停了下来？”

“今天早上我才注意到。”

“您夫人呢？”

伯爵笑了。“坐火车旅行时，我妻子都会服用安眠药。她和平时一样服了台俄那。”

他顿了顿。“很抱歉，我帮不了你们了。”

波洛递给他一张纸和一支钢笔。

“谢谢您，伯爵先生。这只是例行公事，您可否写下您的姓名和住址？”

伯爵缓慢而仔细地写着。

“还好是我写给你们，”他愉快地说，“不熟悉这种语言的人，很难拼写出我庄园的名字。”

他把纸还给波洛，站起身来。

“我妻子完全没有必要来这儿了，”他说，“她知道的还不如我多。”

波洛的眼睛微微一亮。

“自然，自然，”他说，“但是我想还是应该跟伯爵夫人稍微谈一两句。”

“绝对没有这个必要。”伯爵的声音里透出一股威严。

波洛和善地向他眨眨眼。

“只是例行公事，”他说，“可是您知道，这对我的报告很有必要。”

“请便吧。”

伯爵不情愿地让步了，简单地行了个外国礼，就离开了餐车。

波洛伸手拿过一份护照，上面记着伯爵的姓名和头衔。他往下翻看着。“陪同人员：妻子；教名：埃伦娜·玛丽亚；娘家姓：戈尔登贝格；年龄：二十。”上面还有一滴粗心的办事员不知何时掉上的油渍。

“外交护照，”布克先生说，“我们得小心，我的朋友，别惹事。这种人跟谋杀可不会有什么关系。”

“放心吧，我的朋友，我很老练的。只是例行公事。”

看到安德雷尼伯爵夫人走进餐车，他压低了嗓门。她看起来十分娇羞，楚楚动人。

“你们想见我，先生们？”

“只是例行公事，伯爵夫人。”波洛殷勤地站起来，恭敬地把她迎到自己对面的座位上，“只是问您昨晚是否看到或者听到什么，也许对弄清这个案子有帮助。”

“什么也没有，先生，我睡着了。”

“比如，您没听见您隔壁房间的骚动声吗？住在那边的美国太太非常慌乱，还按了电铃叫列车员。”

“我什么都没听见，先生。你知道的，我吃了安眠药。”

“啊！我明白。好吧，我们就不挽留您了。”然而，等她迅速站起身后，波洛又说，“请稍等。这些资料——您娘家的姓氏、您的年龄等——没错吧？”

“非常正确，先生。”

“也许您可以在这份备忘录上签个字？”

她匆忙地签了，写得一手秀丽的斜体字：埃伦娜·玛丽亚。

“您陪您丈夫去过美国吗，夫人？”

“没有，先生，”她笑了笑，有点脸红，“那时我们还没结婚，我们结婚才一年。”

“啊，好的，谢谢您，夫人。顺便问一句，您丈夫抽烟吗？”

她正要走，听见此话，停住脚步，看着波洛。

“是的。”

“抽烟斗吗？”

“不，他抽香烟和雪茄。”

“啊！谢谢您。”

她站住脚，好奇地看着他。她的眼睛很可爱，乌黑的杏仁眼，长长的黑睫毛衬托着精致白皙的脸庞。她的嘴唇涂成了外国流行的鲜红色，微微张着。整个人看上去很美，极富异国情调。

“你为什么问我这个呢？”

“夫人，”波洛轻快地挥了挥手，“侦探会问各种各样的问题，例如，也许您能告诉我您睡衣的颜色？”

她盯着他，然后笑了。“是玉米色的雪纺绸。那很重要吗？”

“非常重要，夫人。”

她好奇地问道：“这么说，你真的是个侦探吗？”

“静候差遣，夫人。”

“我以为过了南斯拉夫，火车上就没有侦探了——到了意大利才会来。”

“我不是南斯拉夫侦探，夫人，我是国际侦探。”

“你属于国际联盟吗？”

“我属于全世界，夫人，”波洛戏剧性地说，“我主要是在伦敦工作。您会说英语吗？”他用英语问的最后一句话。

“嗯，会说一点点儿。”她连口音都那么有魅力。波洛又鞠了一躬。

“我们不打扰您了，夫人。您瞧，没那么可怕。”

她笑了笑，歪了歪头，就走了。

“真是个美丽的女人。”布克先生欣赏地说，然后叹口气，“唉，没什么进展。”

“可不，”波洛说，“什么都没看见、没听见的两个人。”

“现在我们要找那个意大利人谈谈吗？”

波洛没有马上回答。他正在研究匈牙利人外交护照上的那片油渍。

第八章　阿巴思诺特上校的证词

波洛仿佛想到了什么。他抬起头来时，正好看见布克先生热切的眼神，便眨了眨眼睛。

“啊！我亲爱的老朋友，”他说，“你瞧，我已经变成他们所谓的势利小人了！我以为我们要先问头等厢的人，再问二等厢的。我想，下一位，我们见见那位英俊的阿巴思诺特上校吧。”

发现这位上校的法语实在有限，波洛便用英语跟他交谈。阿巴思诺特上校的姓名、年龄、家庭住址以及确切的军衔都问清楚之后，波洛继续说道：

“你是从印度回家休假——所谓的军休，是吗？”

阿巴思诺特上校对这帮外国人怎么称呼他的状态并没有兴趣，只是用地道的英语简单地回答道：“是的。”

“但你没坐船回家？”

“没有。”

“为什么？”

“我选择陆路是出于私人原因。”

（“这个，”他的神态似乎是说，“就是给你的答案，你们这帮多管闲事的小猴子。”）

“你直接从印度过来的吗？”

上校冷冷地答道：“我待了一晚，去看迦勒底的乌尔。又在巴格达跟一位空军指挥官住了三天，他是我的一个老朋友。”

“你在巴格达住了三天。我知道那位年轻的英国女士，德贝纳姆小姐也是从巴格达过来的，也许你在那儿见过她？”

“不，不，我在从基尔库克到尼西宾的火车上才第一次见到德贝纳姆小姐。”

波洛向前探了探身，用一种劝导的语气和更加外国化的方式说道：

“先生，我恳求你了。你和德贝纳姆小姐是火车上仅有的两名英国人，我问一下你们对彼此的看法，这很有必要。”

“完全不合逻辑。”阿巴思诺特上校冷冰冰地说。

“不是这样的。你听我说，这起凶杀案很有可能是个女人干的。死者被刺了不少于十二刀。甚至列车长都脱口而出说‘是个女人’。那么，我的首要任务是什么？跟那些所有乘坐斯坦布尔－加来车厢的女乘客，进行一次他们所谓的‘简单聊聊’。但是对一个英国女人作判断是困难的。她们非常矜持。所以我请求你，先生，为了正义。德贝纳姆小姐是个什么样的人？你了解她吗？”

“德贝纳姆小姐，”阿巴思诺特上校的语气中有一丝暖意，“是位淑女。”

“啊！”波洛表现出一副很欣慰的样子，“所以你认为她不可能跟这案子有关系了？”

“这种观点很荒谬，”阿巴思诺特上校说，“那人完全是个陌生人——她之前从未见过他。”

“她是这么跟你说的？”

“是的。她说过，他那张脸令人生厌。要是你认为这跟女人有关（我认为这毫无根据，只是猜测），我向你保证德贝纳姆小姐不可能跟这件事有关系。”

“你在这件事上真热情。”波洛笑着说。

阿巴思诺特上校冷冷地瞪了他一眼。

“我完全不明白你的意思。”他说。

这一眼似乎让波洛挺狼狈。他低下头摆弄着面前的文件。

“随便说说而已。”他说，“我们还是实际点，说说事实吧。我们有理由相信，这起凶杀案发生在昨天晚上一点一刻。因此，我们有必要按照常规询问车上的每个人当时他或者她在干什么。”

“应该如此。一点一刻，我想我正在跟那个年轻的美国人，也就是死者的秘书聊天。”

“啊！是你在他的房间里，还是他在你的房间里？”

“我在他的房间里。”

“那个年轻人是姓麦奎因吗？”

“是的。”

“他是你的朋友吗，还是只是认识而已？”

“都不是，这趟旅行之前我从来没见过他。昨天我们碰巧聊起了天，大家都很有兴致。通常我不喜欢美国人——他们没什么用处——”

波洛笑了，想起了麦奎因对英国人的评价。

“但是我喜欢这个年轻人。关于印度的情况，他有一些傻乎乎的愚蠢的看法。美国人就是这么糟糕——他们感情用事，还是理想主义者。不过，他对我说的话挺感兴趣，对那个国家，我有将近三十年的经验。而且我对他跟我说的美国的禁酒令也很感兴趣。然后我们大致谈了谈世界政治。看到手表时我很吃惊，都已经两点差一刻了。”

“你们是那个时候结束谈话的？”

“是的。”

“然后你干什么了？”

“回我自己的房间关灯睡觉。”

“你的床已经铺好了？”

“是的。”

“你在——让我看看——十五号房间，靠着餐车那头倒数第二间？”

“是的。”

“你回自己房间的时候，列车员在哪儿？”

“坐在尽头的一张小桌子旁边。实际上，我一回房间，麦奎因就叫他过去了。”

“为什么叫他？”

“我猜是铺床吧。他那里还没铺床。”

“现在，阿巴思诺特上校，我希望你能仔细想一想，你跟麦奎因先生聊天的时候，有没有人从门外的走廊上经过？”

“我觉得有好多人，我没注意。”

“啊！但是我指的是——这么说吧，你们聊天的最后一个半小时。你在温科夫齐下车了，是吗？”

“是的，可是大约就一分钟。外面有暴风雪，冷死了，还是回到车上呼吸闷热污浊的空气吧，虽然我通常都认为这种列车的供暖让人无法忍受。”

布克先生叹了口气。

“很难让每个旅客都满意。”他说，“英国人喜欢开窗，其他人就喜欢走过来都给关上。两难啊。”

波洛和阿巴思诺特上校都没有注意他的感慨。

“现在，先生，请回忆一下，”波洛鼓励他说，“外面很冷。你回到火车上，又坐了下来，吸烟——也许是香烟，也许是烟斗——”

他顿了顿。

“我抽烟斗，麦奎因先生吸香烟。”

“火车又开动了，你抽着你的烟斗，讨论着欧洲的形势——或者世界形势。很晚了，大多数人都休息了，有没有人从门口经过？想想。”

阿巴思诺特上校皱着眉努力回想着。

“说不好，”他说，“你知道我没留意。”

“但是你有着军人观察细节的能力，就是说，就算没留意也能注意到。”

上校又想了想，摇摇头。

“说不上来。除了列车员，我不记得还有谁经过了。等等，我想，有个女人。”

“你看到她了？年老的还是年轻的？”

“我没看见她——没朝那个方向看。只是一阵窸窸窣窣的声音，还有一种味道。”

“味道？香味吗？”

“呃，是一种水果味，如果你明白我的意思，我是说一百码以外就能闻到。但是……”上校慌忙说，“很可能是昨天晚上早些时候的事，就像你刚才说的，只是无意中注意到的。那天晚上我一度嘀咕过：‘女人……香味很浓’，可到底是什么时间我不确定，但是……啊，是的，肯定是离开温科夫齐以后。”

“为什么？”

“因为我记得……我闻了闻……当时我正谈论斯大林五年计划惨败，我想是女人这个念头让我想到了俄国女人的地位这个话题。然后我们一直把这个话题谈论到最后。”

“你能否说得更明确一些？”

“不好说。大概就是在最后半小时。”

“是在火车停了以后吗？”

对方点点头。“对，我可以肯定。”

“好，先不说这个了。阿巴思诺特上校，你去过美国吗？”

“从来没去过。不想去。”

“你认识一位阿姆斯特朗上校吗？”

“阿姆斯特朗——阿姆斯特朗——我认识两三个姓这个姓的人。六十军区的汤米·阿姆斯特朗——你说的不是他？还有塞尔比·阿姆斯特朗，他在索姆被杀了。”

“我说的阿姆斯特朗上校娶了个美国人，唯一的孩子被绑架而且被撕票了。”

“啊，是的，我记得读过——令人震惊的事件。我跟这个人没什么往来，虽然我听说过他。托比·阿姆斯特朗，很好的人，大家都喜欢他。成就杰出，获得过十字勋章。”

“昨晚被杀的那个人就是杀害阿姆斯特朗女儿的主谋。”

阿巴思诺特的脸色非常阴冷。“那么，我觉得这个卑鄙的家伙是罪有应得。虽然我更希望他在美国受到绞刑或者电刑。”

“事实上，阿巴思诺特上校，你是赞成法律秩序，反对私自报复喽？”

“是啊，你总不能像科西嘉人和黑手党那样制造流血事件或自相残杀。”上校说，“无论如何，陪审团审判是合理的制度。”

波洛若有所思地打量了他一两分钟。

“是的，”他说，“我相信你是这么认为的。好吧，阿巴思诺特上校，我没什么要问你的了。你记得昨晚有什么事，或者现在我们说的，有什么让你觉得可疑吗？”

阿巴思诺特上校考虑了一会儿。

“没有，”他说，“什么也没有。除了……”他犹豫了。

“但是请说吧，请你说吧。”

“呃，其实也没什么，”上校慢吞吞地说，“你说任何事都可以说。”

“对，对，请继续。”

“哦，没什么，只是件小事，但是我回房间的时候注意到我隔壁的房间，就是末尾那一间，你知道——”

“我知道，十六号。”

“呃，那扇门没有关严，里面那个人偷偷摸摸地往外窥视，然后迅速关上了门。当然，我知道这没什么，但是我觉得有点古怪。我是说，打开门探出头往外看这很正常，但是他那鬼鬼祟祟的样子引起了我的注意。”

“是——”波洛不太相信地说道。

“我告诉过你这没什么的，”阿巴思诺特抱歉地说，“可你知道那个时候已经凌晨了，周围很静，一切都看着阴森森的——就像侦探小说里写的。我说的真是废话。”

他站起来。“好吧，如果你没什么再——”

“谢谢你，阿巴思诺特上校，没别的了。”

军人迟疑了一会儿。起初那种被“外国人”盘问而产生的天然的厌恶感消失了。

“至于德贝纳姆小姐，”他尴尬地说，“我保证她没有问题。她是个普卡·萨布[①]。”

他有些脸红地走了出去。

“‘普卡·萨布’是什么意思？”康斯坦汀大夫感兴趣地问。

“意思是德贝纳姆小姐的父亲和兄弟跟阿巴思诺特上校受过相似的教育。”波洛说。

“哦，”康斯坦汀大夫失望地说，“这跟案件一点关系也没有。”

“没错。”波洛说。

他陷入了思考之中，轻轻地敲击着桌子，然后，他抬起了头。

“阿巴思诺特上校抽烟斗，”他说，“在雷切特先生的房间里我发现一根烟斗通条，而雷切特先生只抽雪茄。”

---

①普卡·萨布（Pukka sahib），出自印地语，后成为英语的俚语。英国人常用于形容某个人受过良好教育，是上等人，绅士，正人君子。

“你认为？”

“他是迄今为止唯一承认抽烟斗的人，而且他知道阿姆斯特朗上校——也许真的认识他，只是不承认。”

“所以你以为可能——”

波洛猛烈地摇了摇头。

“这是——这是不可能的，绝对不可能。这么一个可敬的、有点傻气的、正直的英国人不可能在一个人身上刺十二刀！我的朋友，你说这怎么可能？”

“这就是心理学。”布克先生说。

“而且要尊重心理学，这个案子有个特征，不过不是阿巴思诺特上校的特征。咱们还是见见下一位吧。”

这次布克先生没再提意大利人，但心里仍然想着他。

第九章　哈德曼先生的证词

头等车厢中最后一位旅客是哈德曼先生，他是个身材高大、派头十足的美国人，跟意大利人和男仆同桌吃过饭。

他穿着一身俗艳的方格西装，粉红色衬衫，别着华丽俗气的别针，走进餐车的时候嘴巴还大嚼特嚼的，那张多肉、粗犷的大脸上，倒是一副和气的表情。

“早啊，先生们，”他说，“我能帮你们做什么？”

“你听说过这起谋杀了吧，呃——哈德曼先生。”

“当然。”他熟练地在嘴里翻了翻口香糖。

“我们有必要跟火车上的所有旅客都谈一谈。”

“我没有问题，处理这种事也只能这么做了。”

波洛查看了一下面前的护照。

“你是赛勒斯·贝特曼·哈德曼，美国人，四十一岁，打字机带的流动推销员？”

“没错，就是我。”

“你是从斯坦布尔去巴黎吗？”

“是这样。”

“原因呢？”

“跑业务。”

“你总是坐头等车厢吗，哈德曼先生？”

“是的，先生，公司给我支付车费。”他眨眨眼。

“现在，哈德曼先生，我们谈谈昨晚的事吧。”

美国人点点头。

“关于这件事，你能对我们说点什么吗？”

“什么也没有。”

“啊，真遗憾。哈德曼先生，也许你能告诉我们昨天晚饭之后你的具体活动？”

起初，这个美国人好像还没做好回答问题的准备，最后他终于说道：“对不起，先生，可你们都是谁？好让我明白明白。”

“这位是布克先生，国际客车公司的董事；这位先生是验尸的医生。”

“你呢？”

“我是赫尔克里·波洛，受公司委托调查这起案子。”

“我听说过你。”哈德曼先生说，他想了一会儿，说，“我想还是老实交代的好。”

“把你知道的全部告诉我们显然是明智的。”波洛一本正经地说。

“你问我是否确实知道一些事，可我不知道。就像我说的，我什么也不知道。可我应该知道些什么。这让我很烦恼。我应该知道。”

“请解释一下，哈德曼先生。”

哈德曼叹了口气，吐出口香糖，把手塞进口袋。这时，他似乎完全变成了另一个人，更加真实，而不是舞台上的演员了，那洪亮的鼻音也有所收敛。

“那本护照做了点假，”他说，“这才是真正的我。”

波洛查看了他翻给他的名片，布克先生也凑过去偷看了一眼。

赛勒斯·B.哈德曼 先生

麦克尼尔侦探社

纽约

波洛知道这家麦克尼尔侦探社，是纽约最有名、规模最大的私家侦探社之一。

“那么，哈德曼先生，”他说，“让我们听听这是怎么一回事吧。”

“没问题。事情是这样的。我到纽约来追踪两个坏蛋——跟这起案子无关。到了斯坦布尔就跟丢了。我给我的上司发电报，他指示说让我回去。要不是因为这个，我早就回纽约了。”

他递给波洛一封信。

信纸上印着托卡林旅馆。

亲爱的先生：

获悉您是麦克尼尔侦探社的侦探，请于今天下午四点来我的套间谈谈。

S.E. 雷切特

“后来呢？”

“我准时去了他的房间，雷切特先生跟我说明了他的处境，还给我看了他收到的两封信。”

“他惊慌吗？”

“假装很镇静，但是整个晚上都很紧张。他提议，让我跟他坐同一列火车去帕鲁斯，保护他不受人伤害。所以，先生们，我就坐了这同一列火车，可他还是被人杀了。我觉得非常痛心，这对我来说糟糕极了。”

“他有没有给你指示采取什么方法？”

“当然。他全都安排好了。他出主意说我应该住在挨着他的房间里，可是一开始计划就告吹了。我只买到了十六号房，还费了不少力气。我猜列车员留着这一间是另有打算，不过这无关紧要。我观察了一下周围的形势，觉得这个十六号房具有非常好的战略位置。斯坦布尔卧铺车前面只有餐车了，而且前端通往站台的门在晚上又是闩着的，歹徒只能从车尾下站台的门进来，或者是从车尾沿着车厢进来，但不管哪种情况，他都得经过我的房间。”

“我想你可能不了解那个攻击者吧？”

“呃，我知道他长什么样，雷切特先生跟我描述过。”

“什么样？”

三个人全都急切地向前探过身子。

哈德曼接着说：

“一个小个子男人，深色皮肤，说话女里女气的。这就是老头儿告诉我的。他还说，他认为第一个晚上应该没事，第二或第三晚最有可能。”

“他居然知道不少事情。”布克先生说。

“他知道的事肯定比告诉秘书的多，”波洛若有所思地说，“他有没有跟你说起过他敌人的情况？比如，他为什么说自己的生命受到了威胁？”

“没有，关于这件事他缄口不言，只是说那家伙想要他的命，而且势在必行。”

“小个子，深色皮肤，说话女里女气的。”波洛沉思着地重复着，然后他尖锐地盯着哈德曼，问道，“你肯定知道他究竟是谁了？”

“谁，先生？”

“雷切特，你认出他没？”

“我不明白你的意思。”

“雷切特就是卡塞蒂，杀阿姆斯特朗的凶手。”

哈德曼先生拖长声音吹了声口哨。

“这真是个意外，”他说，“是啊，先生！不，我没认出他来。案发的时候我在西部，我想我在报纸上见过他的照片，可是只要登上报纸，就算我妈妈的照片我也认不出来。毫无疑问，有人要对卡塞蒂不利了。”

“你知不知道跟阿姆斯特朗案子相关的人之中，有谁符合下面的描述吗：小个子、深色皮肤，说话女里女气的？”

哈德曼想了一会儿。“很难说。跟这案子有关的人几乎全都死了。”

“有个女孩跳窗户自杀了，记得吗？”

“当然。说得好。她是个外国人，说不定有意大利亲戚。不过，别忘了，除了阿姆斯特朗还有其他很多案子呢，卡塞蒂做绑架的勾当可是有一阵子了，你不能只考虑这一起。”

“啊，不过我们有理由相信昨晚的案子跟阿姆斯特朗一案有关。”

哈德曼疑惑地看了波洛一眼，但波洛没有反应。美国人摇了摇头。

“我不记得有什么人长得像阿姆斯特朗案里的人了。”他缓慢地说，“当然，我没有介入这个案子，知道的也不多。”

“好，请继续说吧，哈德曼先生。”

“也没多少可说的。我白天睡觉，晚上密切注意着。第一天晚上没有可疑情况；昨天晚上，除了我提到的，也没什么。我把我的房门打开一条缝朝外观察着，没有陌生人经过。”

“你确定吗，哈德曼先生？”

“绝对没错。没人上过火车，也没有人从后面的车厢过来。我发誓。”

“在你那个位置能看见列车员吗？”

“当然，他坐的那个小椅子都快挤到我门上了。”

“火车停在温科夫齐时他离开过座位吗？”

“是说上一站吗？啊，是的，他应了两次铃——在火车停下来之后。然后，他从我门前走了过去，到后面的车厢去了——在那儿待了有一刻钟。后来铃声大作，他又跑了回来。我走到过道上看看发生了什么事——你知道，我觉得有点紧张——不过就是那位美国太太，不知为了什么事火冒三丈，真好笑。接着他去了另外一个房间，回来之后又给某个人送了瓶矿泉水。之后他就坐在座位上，直到另一头的房间让他去铺床。我觉得在今天早上五点之前他都没有走动过。”

“他打过盹儿没？”

“说不好，可能打盹儿了吧。”

波洛点点头，机械地伸手去拿桌子上的文件。他又拿起了那张名片。

“麻烦你在上面签个字。”他说。

对方同意了。

“我猜，没人能证实你的身份吧，哈德曼先生？”

“在这火车上吗？哦，没有，除了麦奎因那个年轻人。我跟他比较熟，我在他父亲的办公室里见过他。这倒不是说他能从一大堆侦探里认出我来。没法子了，波洛先生，你还是等积雪清扫完之后发电报给纽约吧。不过没关系。那么，再见了，先生们。很高兴见到你，波洛先生。”

波洛拿出烟盒。“也许你喜欢抽烟斗？”

“我不抽。”他自己拿了支烟，便轻快地大步离开了。

三个人面面相觑。

“你觉得他说的是实话吗？”康斯坦汀医生问。

“是的，是的，我了解这一类人。而且，如果是编的假话，很容易就被揭穿了。”

“他给我们提供了很有趣的证据。”布克先生说。

“是的，确实。”

“小个子，深色皮肤，说话声音很尖细。”布克先生沉思地说。

“他的描述不适用于火车上的任何人。”波洛说。

第十章　意大利人的证词

“现在，”波洛眨眨眼睛，“我们让布克先生高兴一下，见见意大利人。”

安东尼奥·福斯卡雷利像只猫一样快步走进餐厅，笑容满面。这是一张典型的意大利人脸，黝黑而阳光。

他法语说得很好，只带一点儿口音。

“你的名字是安东尼奥·福斯卡雷利？”

“是的，先生。”

“你已经加入美国国籍了？”

这个美国人咧嘴笑了。“是的，先生，这对我的生意有好处。”

“你是福特汽车公司的代理人？”

“是的，你听我说——”

然后就是一通口若悬河的自我介绍：业务途径、旅程、收入，以及他对美国及欧洲各国的看法等等。可是到了最后，三个人仍然没听出个所以然来。跟这个人不需要问什么信息，他自己就会滔滔不绝地讲出来。

做完最后一个富有表现力的手势，他和善、孩子般的脸上露出满意的笑容，然后他停了下来，用手帕擦擦额头上的汗水。

“你瞧，”他说，“我是做大生意的，走在时代前沿，深谙推销之道！”

“那么，这十年来你肯定经常去美国吧？”

“是的，先生。啊！我忘不了第一次坐船去美国的情景，真远啊！我老妈，我小妹——”

波洛截断了这洪水般的回忆。

“你在美国逗留的这段时间，有没有见过死者？”

“从没见过，可我了解这类人。是的，是的。”他表情丰富地打了个响指，“他很体面，很时髦，可背地里很坏。以我的经验看，他一定是个大骗子。绝对错不了。”

“你的看法完全正确，”波洛一本正经地说，“雷切特就是卡塞蒂，那个绑匪头子。”

“我跟你说什么来着？我看人很准，看脸就行。这很有必要。只有在美国他们才会教你如何卖东西。我——”

“你记得阿姆斯特朗这个案子吗？”

“不太记得了。叫什么名字来着，嗯？是个小女孩，对吗？”

“是的，一个很悲惨的案子。”

意大利人似乎是第一个对此持有异议的人。

“啊！嗯，这种事情发生在，”他富有哲理地说道，

“像美国这么一个非常文明的国家里——”

波洛打断了他。“你有没有见过阿姆斯特朗家里的什么人？”

“不，没见过。很难说，我给你几个数字。单是去年，我就卖了——”

“先生，请别跑题。”

意大利人表示歉意地摊了摊手。“万分抱歉。”

“可否请你告诉我昨天吃过晚饭之后你的具体活动？”

“没问题，在这儿待多久都行，这里更好玩。吃饭的时候我跟一位美国先生聊天，他卖打字机带。然后我就回自己的房间了。里面没人。那个可怜的约翰牛[1]照料他主人去了。后来他回来了——和平时一样拉着脸。他基本不说话，只说‘是’或‘不是’。英国人是个可怜的民族——不值得同情。他坐在角落里，绷得直直的，看一本书。后来列车员进来给我们铺床。”

“四号铺和五号铺。”波洛咕哝着。

“正是——最后一个房间，我在上铺。我坐起来，抽抽烟，看看书。我觉得那个小英国佬得了牙疼病，他掏出一小瓶味道很浓的东西，躺在床上直哼哼。没多久我就睡着了。我每次醒过来都能听见他的哼哼声。”

“你知不知道，他晚上是否离开过房间？”

---

① John Bull，英国人的绰号。

“我认为没有。不然，我应该能听见。那过道里的灯光——要是你醒了，准会以为是国境线上的海关检查呢。”

“他说没说过他的主人？有没有表现出敌意？”

“我跟你说过他不说话。他没有感情。一条死鱼。”

“你说你吸烟，那你是抽烟斗还是香烟或者雪茄？”

“只抽香烟。”

波洛递过去一支，他接了过去。

“你去过芝加哥吗？”布克先生问道。

“哦，去过，一个很好的城市——但是我更了解纽约、克利夫兰、底特律。你去过这些地方吗？没有？你真应该去。它——”

波洛向他面前推过一张纸去。

“请在这里签个名，还有你的永久地址。”

意大利人龙飞凤舞地写了下来。之后他站起身，笑容依然可爱。

“这就行了？不再问我什么了吗？再见，先生们。希望我们能走出这大风雪。在米兰我还有个预约呢。”他可惜地摇摇头，“不然这桩买卖就要丢了。”他离开了。

波洛看看他的朋友。

“他在美国待了很长时间，”布克先生说，“还是个意大利人，而且意大利人是用刀子的！而且他们都善于说谎！我不喜欢意大利人。”

“看起来，”波洛笑着说，“好吧，也许你说得对，但是我得说，我的朋友，我们没有任何对他不利的证据。”

“可是心理因素怎么说？意大利人不是喜欢杀人吗？”

“毫无疑问，”波洛说，“尤其是在争吵最激烈的时候。但这个——这是完全不同的一个谋杀案。我有个小想法，我的朋友，这起谋杀计划和实施得都很周密，想得长远，非常聪明。它不是——我该怎么表达？——不是拉丁式的犯罪。这个案子显示的是冷静、机敏而深思熟虑的头脑。我认为是盎格鲁－撒克逊人的头脑——”

他拿起了最后两本护照。

“现在，”他说，“我们见见玛丽·德贝纳姆小姐吧。”

第十一章　德贝纳姆小姐的证词

走进餐厅时，玛丽·德贝纳姆小姐更坚定了波洛之前对她的看法。她穿着整洁的黑色小西装，配着灰色的法国衬衫，头上乌黑光滑的鬈发梳得十分平整，行为举止也像她的头发那样沉着冷静。

她在波洛和布克先生对面坐了下来，眼含询问地看着他们。

“你的名字叫玛丽·赫麦厄妮·德贝纳姆，二十六岁？”波洛先发问。

“是的。”

“英国人？”

“是的。”

“可否麻烦你在这张纸上写下你的永久地址？”

她照做了，字迹清晰易辨。

“现在，小姐，你对昨晚发生的案子有什么要说的吗？”

“恐怕我没什么能告诉你的，我上床睡着了。”

“小姐，这列火车上发生了一起命案，你感到难过吗？”

这个问题真是出人意料，她灰色的眼睛微微睁大了。

“我不太懂？”

“我问你的这个问题非常简单，小姐。我再说一遍，这列火车上发生了一起命案，你感到难过吗？”

“我没往这方面想过这个问题，不，我说不上难过。”

“一桩谋杀案——对你而言是很平常的事吗，嗯？”

“自然，发生这种事是让人不舒服。”玛丽·德贝纳姆平静地说。

“你真是个英国人[①]，小姐。很冷静，不容易动感情。”

她微微一笑。“恐怕我不会用歇斯底里来证明自己的感情，毕竟，每天都会有人死去。”

“是有人死去，没错，不过谋杀是很罕见的。”

“哦！那当然。”

“你认识死者吗？”

“昨天在这儿吃午饭时我才第一次看见他。”

“那你对他印象如何？”

“我没注意他。”

“你印象中不觉得他很邪恶吗？”

她微微耸了耸肩。“说真的，我没想过。”

---

①原文为 Anglo-Saxon，指祖籍是盎格鲁-撒克逊族的英国人。

波洛目光锐利地看着她。

“我觉得你对我的询问方式有点不以为然，”他眨眨眼，说，“你认为应该是一种英国式的调查。每件事都应该事先安排好，实事求是，井然有序。但是小姐，我有一点独创的小见解。我会先见一下证人，总结一下他或者她的性格，再据此提出问题。就在几分钟前，我刚问过一位先生，他打算把自己对每件事的看法全都告诉我。那我就严格要求他围绕中心主题来说。我只要他回答‘是’或‘不是’。就是这样。接着你来了。我一眼就看出你井然有序、有条不紊。你会就事论事，你的回答肯定是简单扼要的。因为，小姐，人类的天性中就有自找麻烦的一面，所以我问你的问题也与众不同。所以我问你的感觉，你的想法。这种方式没有让你不高兴吧？”

“请原谅我这么说，这似乎是在浪费时间。我喜不喜欢雷切特先生的脸，好像对是谁杀了他这个问题不可能有什么帮助。”

“你知道这个雷切特的真实身份吗，小姐？”

她点点头。“哈巴特太太已经告诉所有人了。”

波洛若有所思地看着她。

“那你对阿姆斯特朗一案有何想法呢？”

“太可恶了。”这个女孩干脆地说。

波洛若有所思地看着她。

“我想你是从巴格达上车的吧，德贝纳姆小姐？”

“是的。”

“去伦敦？”

“对。”

“你在巴格达是做什么的？”

“我是两个孩子的家庭教师。”

“假期结束后你回去工作吗？”

“我不确定。”

“为什么？”

“巴格达很落后，如果有合适的工作，我更愿意留在伦敦。”

“明白了。我还以为你要结婚了呢。”

德贝纳姆小姐没有回答。她抬起眼睛，盯着波洛的脸，那眼神明显是在说：“你太无礼了。”

“你对跟你同一个房间的奥尔松太太有什么看法？”

“她好像很快乐、单纯。”

“她的睡衣是什么颜色的？”

玛丽·德贝纳姆瞪大眼睛。“褐色的，衣料似乎是纯毛的。”

“啊，请恕我冒昧，在阿勒颇到斯坦布尔的路上我见过你睡衣的颜色。淡紫色。”

“是的，你说得对。”

“你还有没有别的睡衣，小姐？比如猩红色的睡衣？”

“不，不是我的。”

波洛探身向前，像一只正在逮耗子的猫。

“那么是谁的？”

女孩吓得向后缩了缩。“我不知道。你是什么意思？”

“你说的不是‘没有，我没有这样的睡衣’，而是‘不是我的’。这意味着这件睡衣是属于某个人的。”

她点点头。

“车上其他某个人的？”

“是的。”

“是谁的？”

“我刚刚告诉过你了：我不知道。今天早上大约五点钟我醒了，感觉火车好像停了好一阵子了。我打开房门，向过道上看了看，以为我们到站了。我看见有人穿着猩红色的睡衣朝过道那头走去。”

“那你不知道她是谁吗？她是黄头发、黑头发还是灰色的？”

“我说不出来。她戴了顶小帽子，我只看见她后脑勺儿的轮廓。”

“什么体形？”

“根据我的判断，她又高又苗条，但是也很难说。睡衣上绣着龙。”

“是的，是的，没错——绣着龙。”他沉默了一分钟，喃喃地自言自语，“我不明白，我不明白，没道理啊。”

接着，他抬起头，说：“不再多麻烦你了，小姐。”

“哦！”她似乎很是惊讶，不过还是立刻站了起来。

然而走到门口，她还是犹豫了一下，又折了回来。

“那位瑞典太太——奥尔松女士，是吗——好像很担心。她说你告诉他，她是最后一个见到那人活着的人。她认为你因为这样而怀疑她。我能告诉她是她误会了吗？你知道，她真的是个连只苍蝇都不会伤害的人。”说话的时候她微微一笑。

“她向哈巴特太太要阿司匹林是在什么时候？”

“十点半刚过。”

“她出去了——多久？”

“大概五分钟。”

“晚上的时候她又离开过房间吗？”

“没有。”

波洛转向医生。“雷切特有可能在这之前被杀吗？”

医生摇摇头。

“那么我想，你可以让你的朋友放心了，小姐。”

“谢谢。”她突然对他笑了笑，这副笑容可是很容易博得同情的，“你知道，她就像只绵羊，忧虑得直啜泣。”

她转过身，走了。

第十二章　德国女仆的证词

布克先生好奇地看着他的朋友。

“我真是看不透你，我的朋友，你想……干什么？”

“我在寻找一个漏洞，我的朋友。”

“一个漏洞？”

“是的，在一位年轻小姐沉着冷静的外表上寻找。我想动摇她的临危不乱。我做到了吗？我不知道。但是我知道一点：她没想到我会这样办案。”

“你怀疑她，”布克先生缓缓地说，“可是为什么呢？她是个年轻迷人的女孩，是世界上跟这种案子最扯不上关系的人。”

“我同意。”康斯坦汀说，“她很冷漠，没有感情。所以她不会去杀人——而是会把他送上法庭。”

波洛叹了口气。

“你们两个人不能固执地认为这是一起始料不及的、仓促的犯罪。我之所以怀疑德贝纳姆小姐，有两个原因。一个是我无意中偷听到的，这件事你们还不知道。”

于是他跟二人说了在从阿勒颇过来的路上无意中听见的一段奇怪的对话。

“果然很奇怪。”听完波洛的话之后，布克先生说道，“这需要解释一下。如果这跟你怀疑的一样，那么他们两个人都牵涉其中了——她和那个呆板的英国人。”

波洛点点头。

“然而恰恰还没有事实能证明这一点。”他说，“你知道，如果他们都参与了这起谋杀，我们能指望发现什么？他们能给彼此提供不在场证明。不是这样吗？是的，不会发生这种事的。德贝纳姆小姐的不在场证明只能由她素昧平生的瑞典太太提供，而阿巴思诺特上校则由死者的秘书麦奎因担保。不，这种解开谜题的方法也太简单了。”

“你说过让你对她有所怀疑的还有一个原因？”布克先生提醒他道。

波洛笑了。

“啊！但那只是个心理因素。我问自己，有没有可能是德贝纳姆小姐计划了这场谋杀？在这种行为的背后，我认为，有个冷漠而聪明机智的大脑在操纵。德贝纳姆小姐符合这些因素。”

布克先生摇摇头。“我觉得你错了，我的朋友。我怎么看那个年轻的英国女孩都不像个杀人犯。”

“啊！好吧，”波洛说着，拿起最后一份护照，“我们名单上的最后一个名字，希尔德嘉德·施密特，女仆。”

希尔德嘉德·施密特被服务员叫进了餐车里，恭敬地站在那儿等着。

波洛示意她坐下。

她坐下来，双手交叉，一声不响地等他问问题。她的性情真的很温和——品行端正，可能没那么聪明。

波洛对待希尔德嘉德·施密特的方式跟对玛丽·德贝纳姆的完全不同。

他很是和蔼亲切，好让她放下心来。然后，让她写下姓名和住址，之后才委婉、自然地引出问题。

他们用的是德语。

“我们希望尽可能多地了解昨天晚上发生的事，”他说，“我们也知道，关于谋杀案本身，你不可能给我们提供很多情况，但是没准你看到或听到了什么，虽然你不以为意，但可能对我们来说很有价值。你明白我的意思吗？”

她好像没明白，那宽阔而亲切的脸庞仍旧是一副平静而迟钝的表情。她回答道：

“我什么也不知道，先生。”

“呃，比如，你知道你的女主人昨天晚上叫过你吧？”

“那个，我知道。”

“你记不记得是什么时候？”

“不记得了，先生。你知道，列车员过来告诉我的时候我已经睡着了。”

“是的，是的。通常都是派人去叫你吗？”

"一般都这样，先生。我们仁慈的夫人晚上经常需要人服侍，她睡眠不好。"

"啊，这么说，你随后就起床了。那你穿了件睡衣？"

"不，先生，我穿了几件常服，我不想穿着睡衣去夫人那里。"

"不过那是件很不错的睡衣吧——猩红色的，对吗？"

她盯着他。"是深蓝色的法兰绒睡衣，先生。"

"啊！你接着说吧，我只是开个小玩笑，没别的意思。然后你就去公主的房间了，那么，你到了那里之后做什么了？"

"我给她做了按摩，先生，然后读书给她听。我读得不是很好，但是夫人说那样更合适——更容易入睡。她快睡着的时候，先生，便让我走了，于是我合上书回自己的房间去了。"

"你知道那是什么时候吗？"

"不知道，先生。"

"那么，你在公主那里待了多长时间？"

"大约半个小时，先生。"

"很好，继续说吧。"

"一开始，我从自己的房间里拿了一条毯子给夫人。虽然有暖气，可还是很冷。我给她盖上毯子，她跟我说晚安。我给她倒了一些矿泉水，然后关了灯就走了。"

"后来呢？"

“没什么了，先生。我回自己的房间睡觉去了。”

“你在过道上看到什么人没有？”

“没看到，先生。”

“比方说，你有没有看见一个穿猩红色睡衣的女人，衣服上还绣着龙？”

她睁圆了那双温顺的眼睛看着他。“真的没看见，先生。除了列车员，大家都睡了。”

“但是你看到列车员了？”

“是的，先生。”

“他在干什么？”

“他正从一个房间里出来，先生。”

“什么？”布克先生向前探过身，“哪间？”

希尔德嘉德·施密特再次受到了惊吓。波洛责备地看了他的朋友一眼。

“自然啦，”他说，“晚上的时候，旅客经常会按铃，列车员就得过去。你记得是哪一间吗？”

“大概在车厢的中间位置，先生，跟公主的房间隔了两三个门。”

“啊！要是你愿意的话，告诉我们，究竟是哪个房间，发生了什么事。”

“他差点撞到我，先生，那时候我正从自己的房间拿了毯子送给公主。”

“那么就是说，他从一个房间里出来，又差点跟你撞个满怀。他向哪个方向走的？”

“朝着我，先生。他道了歉，然后朝餐车那边跑过去了。后来又有铃响了，不过我觉得他没去应铃。”她顿了顿，又说，“我不明白，怎么——”

波洛的话很让人放心。

“只是个时间问题，”他说，“这些都是例行公事。可怜的列车员，他这个晚上肯定忙坏了，先是叫醒了你，然后去应旅客们的铃。”

“他不是叫醒我的那个列车员，先生，是另一个。”

“啊！另一个！你以前见过他吗？”

“没有，先生。”

“啊，你觉得如果你再见到他，能认出他来吗？”

“我想可以的，先生。”

波洛在布克先生耳朵边咕哝了几句，后者站起来走向门口下达了命令。

波洛继续用他轻松友好的方式问着问题。

“你去过美国吗，施密特小姐？”

“从没去过，先生，肯定是个很不错的国家。”

“也许，你听说过死者真正的身份是杀死一个小孩的凶手吗？”

“是的，我听说过，先生。这太可恶了——罪大恶极。仁慈的上帝不会允许发生这种事的。我们德国人不会这么邪恶的。”

泪水从女仆的眼里淌了出来。她那强烈的母爱之心受到了震撼。

“这真是一桩可恶的罪行。”波洛严肃地说。

他掏出一块棉纱手帕递给她。

“这是你的手帕吗，施密特小姐？”

她仔细地看着手帕，沉默半晌，然后抬起了头，有点脸红。

“啊！不是我的，真的。这不是我的，先生。”

“你瞧，上面有个H，所以我以为是你的。”

“啊，先生，这是夫人小姐们使用的手帕，非常贵，手工刺绣，我敢说是巴黎货。”

“不是你的，那你也不知道是谁的？”

“我？哦，不，不知道，先生。”

三个听的人之中，只有波洛察觉到了她回答时那一点点细微的犹豫。

布克先生在他耳边低语几句，波洛点点头，对女仆说：

“三个车厢的列车员就要过来了，你能不能告诉我，昨天晚上你给公主送毯子时看见的人是哪一个？”

三个人走了进来。皮埃尔·米歇尔；高个子金发，雅典－巴黎车厢的列车员；还有布加勒斯特车厢上那个粗壮魁梧的列车员。

希尔德嘉德·施密特看看他们，然后马上摇了摇头。

“不，先生，”她说，“他们都不是我昨晚看见的那个。”

“可火车上只有这三个列车员啊，你肯定是记错了。”

“绝对没错，先生，他们全都高高大大的，而我看见的那个又小又黑，长着一小撮胡子。他说‘对不起’的时候，声音很柔弱，像个女人。真的，我记得很清楚，先生。”

第十三章　旅客证词小结

“小个子，深色皮肤，说话女里女气的男人。”布克先生说。

三个列车员和希尔德嘉德·施密特都已经离开了。

布克先生失望地摊开手。“可我什么都没明白——所有这一切，都不明白！这个雷切特提到的敌人，他到底还是上了火车吗？但是他在哪儿呢？他怎么能凭空消失呢？我的头都给搅和晕了。说句话吧，我的朋友，求你了。告诉我这不可能是怎么变成可能的？”

“说得好，”波洛说，“不可能的事是不会发生的，所以，无论表面如何，这不可能的一定是可能的。”

“那就快点给我解释解释，昨晚在火车上到底怎么了？”

“我不是个魔术师，我的朋友，跟你们一样，我也很困惑。这案子的进展真是奇怪。”

“一点进展也没有，还在原地不动。”

波洛摇摇头。

“不，不是这样的。我们的确有所进展。我们知道了一些事情，也听到了旅客的证词。”

“可这些告诉我们什么了？什么也没有。”

“不能这么说，我的朋友。”

“也许我夸大其词了，那个美国人哈德曼，还有德国女仆——没错，他们提供了一些新线索，可也让这案子更加扑朔迷离了。”

“不，不，不。”波洛温和地说。

布克先生转向他。

“说吧，我们来听听聪明的赫尔克里·波洛怎么说。”

“我没跟你说过，我跟你一样也很困惑吗？但是至少我们能面对现在的问题。我们可以按照一定的顺序和方法整理现有的事实。”

“请继续说，先生。”康斯坦汀医生说道。

波洛清了清喉咙，把一张吸墨纸铺平。

“我们回顾一下现有的情况。首先，有几点无可置疑的事实，这个雷切特或者卡塞蒂，昨天被人刺了十二刀，死了。这是一个。”

“这点我承认，我承认，朋友。”布克先生嘲讽地说。

波洛一点也没有气恼，继续平静地说着。

“现在，先略过我和康斯坦汀医生已经共同讨论过的某些奇怪的现象，等一会儿再说。我认为第二个重要的事实，就是作案时间。”

“这还是我们已经知道的啊，”布克先生说，“凶案发生在今天凌晨一点一刻，所有的证据都能证明这一点。”

“不是所有的，你夸大了。确实，有相当多的证据可以支持这个观点。”

“很高兴至少你承认了。”

波洛并没有被打岔影响，继续泰然自若地说道：“我们面前有三种可能性：

“一、就像你说的，凶案发生在一点一刻，手表以及哈巴特太太、德国女仆希尔德嘉德·施密特的话都是证据，康斯坦汀医生也同意这点。

“二、凶案发生的时间稍晚，而手表上的时间被人故意动过手脚，用来误导人的。

“三、凶案发生的时间稍早，有人伪造了手表时间，原因同上。

“现在，如果我们接受可能性一，因为最有可能发生，证据也最多，那么我们也得接受由它产生的某些相关的事实。如果凶案发生在一点一刻，凶手就无法离开火车，那问题也随之而来：他在哪儿？他是谁？

“首先，让我们仔细研究一下证词。我们先是听到存在这么一个人——小个子，深色皮肤，说话女里女气的。这是哈德曼说的。他说雷切特告诉他有这么个人，还雇用他来保护自己。没有证据能证明这一点，我们只是听哈德曼这么说而已。下面我们来研究这个问题：哈德曼会不会冒充了纽约侦探社的员工？

“我觉得这个案子有趣的地方在于，我们没有任何警方能提供的信息，无法调查这些人身份的真实性，只能依靠逻辑推理。对我来说，这个案子更加有意思了。没有常规程序，全凭智力。我问自己：我们能接受哈德曼的自我介绍吗？我做了个决定，回答‘能’。依我看，我们可以接受哈德曼的自我介绍。”

“是靠直觉吗？就是美国人说的第六感？”康斯坦汀医生问。

“不。我注重的是可能性。哈德曼持假护照旅行——这会让他立刻成为被怀疑的对象。警方到达现场做的第一件事就是扣留哈德曼，并打电报查证他对自己的介绍是否属实。况且还有这么多旅客，要查清他们证词的真实性是很困难的，在大多数情况下可能根本不会去查证，尤其是他们看上去都没有什么嫌疑，但是哈德曼的情况就很简单了，不管他是不是那个他冒充的人。所以我说这一切都能证明是有规则可循的。”

“你说他是无罪的吗？”

“不是，你误会了我的意思。根据我的了解，任何美国侦探都有希望杀死雷切特的私人理由。不，我要说的是我们可以接受哈德曼的自我介绍，他所说的雷切特找到他，并雇用他这件事不是不可能，而且很有可能——虽然不能完全肯定——是真的。如果我们接受这是真的，那我们就得看看能否证实这一点。我们在一个不太可能的地方——希尔德嘉德·施密特的证词中——找到了证据。她所描述的见到的那个穿列车员制服的人，其特征跟哈德曼说的完全符合。关于两个人的证词，还有没有进一步的证据呢？有的。就是哈巴特太太在她房间里发现的那个纽扣。另外还有一个确凿的证词，你们两个人可能没有注意到。”

“是什么？”

“阿巴思诺特上校和赫克托·麦奎因两个人都提到的有个列车员经过他们的房间。虽然他们不认为这有什么重要的，但是，先生们，皮埃尔·米歇尔宣称，除了一些特殊情况之外，他没有离开过自己的座位——更不可能经过阿巴思诺特和麦奎因坐着聊天的那个房间，去车厢的尽头。

“因此，这个故事，这个关于小个子、深色皮肤、说话女里女气、身穿列车员制服的故事，已经直接或间接地被四位证人的证词所证明了。”

“一个小问题，”康斯坦汀医生说，“如果希尔德嘉德·施密特说的是真的，那么这个真的列车员怎么没有提到被哈巴特太太的铃声召去时见过她？”

“我认为有种解释。当他去应哈巴特太太的铃时，女仆已经在主人的房间里了。后来她回到自己的房间时，列车员就在哈巴特太太房间里。”

布克先生好不容易才等他们把话说完。

“是的，是的，我的朋友，”他不耐烦地对波洛说，“虽说我佩服你的谨慎，还有你那一步一个脚印的探索方式，但是我认为你并没有抓住争论的焦点。我们都同意存在这么个人，问题是，他去哪儿了？”

波洛责备地摇摇头。

“你错了。你犯了个本末倒置的错误。在我问自己‘这个男人消失到哪里去了’这个问题之前，我问的是‘这个人真的存在吗’。你瞧，如果这个人是虚构的，捏造的，那么让他消失是多么容易啊！所以我首先得确立一个事实，就是真有这么一个有血有肉的人。”

“既然已经证明了这个事实，那么，现在他在哪儿？”

“关于这点，只有两个答案，先生。要么他仍然躲在火车上一个别出心裁、让人意想不到的地方，要么，就像我说的，是两个人。就是说，他既是他自己——雷切特所担心害怕的那个人——又是火车上乔装打扮的一个旅客，而雷切特没有认出来。”

“这个想法不错，”布克先生说，脸色也亮堂了，可马上又布满了乌云，“可还有个相反的想法——”

波洛说出了他没说完的话：

“这人的身高。你想说这个吗？除了雷切特先生的男仆，所有的旅客都是高个子——意大利人、阿巴思诺特上校、赫克托·麦奎因、安德雷尼伯爵。那么，剩下的只有这个男仆了——这种假设不太可能。但是还有另外一种可能性。别忘了那个‘女里女气’的声音。这让我们有了选择的余地。这个人可能会假扮成一个女人，或者，‘他’真的就是个女人。一个高个子女人穿上男人的衣服就会显得很矮小了。”

“可是雷切特肯定知道——”

“也许他确实知道。也许，这个女人之前以为穿着男人的衣服更容易达到目的，结果却刺杀未遂。雷切特也许以为她会故技重施，所以告诉哈德曼留心一个男人。然而他提到了‘女里女气’的说话声。”

“有这个可能性，”布克先生说，“可是——”

“听我说，我的朋友，我想现在我得告诉你康斯坦汀医生注意到的某些前后矛盾的地方。”

他详细地说了他和康斯坦汀医生根据死者伤口得出的结论。布克先生哼了一声，捂着脑袋。“我知道，”波洛很是同情地说，“我完全明白你的感受。头还晕着呢，是吗？”

“整件事就是个幻想！”布克先生大喊。

“确实如此。荒谬、不现实、不可能。所以我自己也说过。然而，我的朋友，的确如此！不能逃避事实。”

“太疯狂了！”

“可不是？有时候我会被这样一种感觉困扰：事实上事情肯定非常简单……但这只是我的一个‘小想法’。”

"两个凶手，"布克先生咕哝着，"并且在东方快车上……"

这个想法都快让他哭了。

"让我们把这种幻想变得更加异想天开一些吧，"波洛兴致勃勃地说，"昨天晚上在火车上，有两个神秘的陌生人。一个是哈德曼先生所描述的、希尔德嘉德·施密特和阿巴思诺特上校以及麦奎因先生所见到的列车员。还有一个穿猩红色和服式睡衣的女人——一个高个子、苗条的女人，这是皮埃尔·米歇尔、德贝纳姆小姐、麦奎因先生还有我自己（可以说还有阿巴思诺特上校闻到的！）所见到的。她是谁？火车上没人承认有件猩红色的睡衣。她也消失了。她和那个假列车员是同一个人吗？或者她具有某些十分独特的个性？这两个人，他们在哪儿？还有，顺带问一句，列车员制服和猩红色睡衣在哪儿？"

"啊！现在有明确的东西了！"布克先生急切地跳了起来，"我们必须搜查所有旅客的行李！没错，肯定有东西！"

波洛也站了起来。

"我敢预言。"他说。

"你知道它们在哪里？"

"我有个小想法。"

"那么，在哪里？"

"你会在其中一个男人的行李箱中发现猩红色的睡衣，

在希尔德嘉德·施密特的行李箱里发现列车员的制服。”

“希尔德嘉德·施密特？你认为——”

“不是你想的那样。我是这么认为的：如果希尔德嘉德·施密特犯了罪，就‘有可能’在她行李箱中找到制服；但如果她是清白的，衣服就‘一定在’那儿。”

“可是怎么——”布克先生说了个话头就打住了，“哪里来的声音？”他大喊道，“好像是机车发动的声音。”

噪声越来越近了，还掺杂着刺耳的喊叫声、女人的抗议声。餐车尽头的门猛地被打开了，哈巴特太太闯了进来。

“太可怕了！”她叫喊着，“这可真是太可怕了！在我的洗漱包里，我的洗漱包！一把大刀——全是血！”

她忽然向前一扑，重重地倒在布克先生的肩膀上。

第十四章　凶器

布克先生使出了比骑士还充沛的力气，把昏厥的太太的头放在了桌子上。康斯坦汀医生对一个跑过来的服务员大喊大叫着：

“把头这么放着，”医生说，“要是她醒了，就给她喝点白兰地，明白吗？”

然后他急忙跟着另外两个人走了。他的兴趣完全集中在凶案上了——一个昏倒的中年女士根本让他提不起任何兴趣。

相对于其他办法，这种方法能更快地让哈巴特太太醒过来。几分钟之后，她坐了起来，喝着服务员递给她的一杯白兰地，又说了起来：

“我都说不出来有多可怕！我猜车上没人能理解我的感受。我从小就是个非常非常敏感的人，一看到血——啊呸！到现在我一想起来就想晕倒。”

服务员又把杯子递了过来。“再喝点吧，太太。”

“你觉得我还要喝吗？我是个终身禁酒者。我从来不碰酒，我们一家子都滴酒不沾。不过，只有这个药有效——”

她又喝了口酒。

与此同时，波洛和布克先生——后面紧跟着康斯坦汀医生——急匆匆地走出餐车，沿着斯坦布尔车厢的过道朝哈巴特太太的房间走去。

车上所有的旅客好像都聚集在门外了，一脸疲倦的列车员正在请大家都回去。

“没什么好看的。”他用好几种语言重复着这句话。

“请让我过一下。”布克先生说。

他那圆咕隆咚的身子从围观的旅客中挤了过去，走进房间，波洛紧跟在他身后。

“很高兴你来了，先生，”列车员说着松了口气，“大家都想进来，那位美国太太——就那么尖叫着——天哪，我以为她也被杀了！我跑了过去，她就像个疯女人那样尖叫着，喊着一定要找到您，然后扯开嗓子尖叫着出了门，每经过一个房间，就告诉里面的人发生了什么。”

他做了个手势，补充道：“它就在这儿，先生，我没碰过。”

跟隔壁相通的连通门上挂着一个大方格子的橡胶洗漱包，在它下面的地板上，有一把从哈巴特太太手里掉下来的锥形匕首——一个廉价货、在东方买的赝品，刀柄上雕刻着花纹，刀片是锥形的，上面沾着一片片的锈迹一样的东西。

波洛小心翼翼地把刀捡了起来。

“是的，”他嘟囔着，“没弄错，这就是我们正在找的凶器——对吗，医生？”

医生仔细地查看着。

“你不用这么小心，”波洛说，“上面只有哈巴特太太的指纹，没别人的。”康斯坦汀医生并没有检查太久。

“是凶器没错，”他说，“跟任何一处刀伤都吻合。”

“我的朋友，请你不要这么说！”医生看起来很是惊讶。

“我们已经被这么多巧合压得透不过气了，昨天晚上有两个人决定杀死雷切特先生，如果他们选择了同样的凶器，这反而成了一件坏事。”

“这个也许看起来没那么巧合，”医生说，“有成千上万把这样的东方匕首赝品被运送到君士坦丁堡的市集上出售。”

“你这话让我觉得安慰了一点，但是只有一点。”波洛说。

他若有所思地看着眼前的门，然后拿起洗漱包，拉了拉门把手，门一动不动。在门把手上方大约一英尺的地方是门闩，波洛把门闩抽了出来，又试了试，可门还是不动。

“别忘了，我们从另一边把门锁上了。”医生说。

“是这样。”波洛心不在焉地说，好像是在想别的事情，眉毛困惑地皱作一团。

“是这样的，对吗？”布克先生说，“那人穿过这间房，当他关上身后的连通门时摸到了这个洗漱包，他灵机一动，迅速把沾了血的刀塞进了包里，无意中吵醒了哈巴特太太，就从另一扇门溜到过道上去了。”

“就像你说的，”波洛咕哝道，“肯定是这样了。”但他仍旧一脸困惑。

“怎么了？”布克先生问道，“有些事你不满意，对吗？”

波洛飞快地扫了他一眼。

“同样是这一点，没引起你的注意吗？不，显然没有。呃，不过是件小事。”

列车员朝房间里看了看。“美国太太回来了。”

康斯坦汀医生看起来很内疚，他觉得自己对哈巴特太太过于冷漠了，但她并没有责备他，她的精力都集中在另一件事上了。

“有件事我要说清楚，”她一进门就气喘吁吁地说，“我再也不要待在这个房间里了！给我一百万美金我今晚也不睡在这里！”

“可是，太太——”

“我知道你要说什么，我现在就告诉你我不会这么做的！哎呀，我宁可在过道里坐一个晚上！”她开始大哭，“啊，要是我女儿知道——如果她看到我现在这副样子，啊——”

波洛当机立断，打断了她的话。

“你误会了，太太，你的要求再合理不过了，你的行李会马上搬到另一个房间。”

哈巴特太太放下手帕。“真的吗？哦，我马上就感觉好多了。可现在房间都是满的，除非一位先生——”

布克先生说话了：

“太太，你的行李会搬到另外一节车厢里去，我们会给你安排个房间，从贝尔格莱德挂上的那节车厢。”

“哎呀，那就太好了，我不是个过度紧张的女人，可是睡在死人房间的隔壁！”她哆嗦了一下，“我会发疯的。”

“米歇尔，”布克先生喊道，“把行李搬到雅典－巴黎车厢的空房间里去。”

“是，先生，也是三号房间吗？”

“不用，”波洛抢在他朋友之前回答道，“我认为给这位太太换个不一样的号码比较好。比如，十二号。”

“是，先生。”

列车员抓起行李，哈巴特太太感激地转向波洛。

“你人真好，又周到，我向你保证我很满意。”

“不用客气，太太，我们会跟你一起过去，帮你舒服地安顿好。”

哈巴特太太被三个人一路护送到她的新居，开心地看了看四周。“很好。”

“合适吗，太太？你瞧，这跟你之前的那个房间一模一样。”

“没错——只是方向相反。但没关系，反正火车就是一会儿朝这个方向一会儿朝那个方向的。我对女儿说：‘我想要间朝火车头的房间。’她说：‘不，妈妈，这对你不好，很可能是你睡觉时朝这个方向，醒过来时火车又朝另外一个方向了！’她说得太对了。可不，昨天晚上我们到贝尔格莱德时是一个方向，出来时就变了。”

“无论如何，太太，你现在满意了吗？”

“哦，不，不能这么说。我们陷进了雪堆里，也没人能做点什么，而且我的船后天就要开了。”

“太太，”布克先生说，“我们所有人都一样，无一例外。”

“哦，那倒是，”哈巴特太太说，“可是别人的房间里就没有凶手半夜进去过。”

“我仍然不明白，太太，”波洛说，“要是连通门像你说的那样是闩着的，凶手又是怎么进入到你房间里去的呢？你肯定门是闩着的吗？”

“怎么不肯定，瑞典太太在我眼皮子底下试过。”

“让我们再回想一下当时的场景，你正躺在你的卧铺上——那么，你自己看不到门闩，是吗？”

“看不到，因为上面挂着洗漱包。哦，我的天，我得换个新的包了！看见就恶心。”

波洛捡起洗漱包，把它挂在连通门的门把手上。

“就是这样，我明白了。”他说，“门闩就在门把手下面——洗漱包把它给挡住了——你在躺着的地方看不到门是不是闩着的。”

“可不，我刚才跟你说过了！”

“那么，瑞典太太，奥尔松太太是这么站着的，在你和门之间，她试了试，然后告诉你门闩上了。”

“是这样的。”

“可是，太太，也许她弄错了，你明白我的意思吧。”波洛好像急于解释清楚似的，“门闩只是一个金属突起物，往右推的时候，门就锁上了；往左一拉，门就开了。没准她就是试了试门，因为那一边的门是闩着的，所以她可能会以为你这边也是闩着的。”

“哦，我想她可真是糊涂。”

“太太，再善良、再亲切的人，也有犯糊涂的时候。”

“当然，这倒是。”

“顺便问问，太太，你这次是去士麦那[①]旅行吗？”

“不，我直接坐船去斯坦布尔。我女儿的一个朋友，约翰逊先生（一个非常可爱的男人，真希望你能认识他）去接我，然后带我去斯坦布尔游览。但这个城市真叫人失望，到处都是破破烂烂的，还有那些清真寺，还得给你的鞋子套上一大堆什么东西——我说到哪儿了？”

---

①土耳其西部港市。

“你正在说约翰逊先生来接你。”

“是的。他把我送上去士麦那的一艘法国邮船，我女婿会在码头上等着我。要是他听说了这些，他会说些什么啊！我女儿说这是她能想象得到的最安全、最简单的路线，‘坐上火车，’她说，‘一下子就到巴黎了，美国运输船就在那儿等着你。’可是，哦，我亲爱的，我怎么才能把船票给退了呢？我真应该让他们知道，可是现在联系不上了。真是太可怕了——”

哈巴特太太的眼泪又淌了出来。

早就有点坐立不安的波洛立马抓住了这个机会。

“你受惊吓了，太太，餐车服务员会给你送点茶和小饼干过来。”

“我没那么爱喝茶，”哈巴特太太眼泪汪汪地说，“那是英国人的习惯。”

“那就来点咖啡，太太。你需要一些提神的东西——”

“那个白兰地弄得我头昏脑涨的，我想我得喝点咖啡。”

“太好了，你一定能恢复体力的。”

“我？你说得真好笑。”

“但是，首先，太太，这只是例行公事，可否允许我检查一下你的行李？”

“为什么？”

“我们打算检查所有旅客的行李，我不想让您感到不愉快，可是，别忘了，你的洗漱包——”

“天哪！别提了！我再也承受不了这种刺激了！”

检查很快就结束了。哈巴特太太的行李只有那么一点：一个帽盒，一个廉价的手提箱，还有一个装满东西的旅行箱。三个箱子里的东西简单，一目了然。如果不是哈巴特太太坚持让大家看看“我的女儿”和两个很丑的小孩的照片——“我女儿的孩子，机灵吧？”——而耽误了检查，连两分钟都用不了。

第十五章　旅客的行李

波洛耗尽口舌说了很多好话，还告诉哈巴特太太会给她送咖啡来，才得以脱身，跟两个朋友一起离开了房间。

“唉，刚开了个头却又扑空了，”布克先生说，“我们下一个要检查谁？”

“很简单，只需要沿着车厢挨个房间查就行了。就是说，我们先从十六号房，平易近人的哈德曼先生开始。”

正在抽雪茄的哈德曼先生热情地欢迎了他们。

“请进，先生们，如果可能的话。在这儿聚会真是有点拥挤了。”

布克先生解释了他们来访的目的，大块头侦探会意地点点头。

“没关系。说实话我还一直在想你们怎么不早点过来。这是我的钥匙，先生们，而且要是你们也想检查我的口袋，那么没问题。要我把旅行箱拿下来吗？”

“列车员会做这些的。米歇尔！”

哈德曼先生的两个旅行箱很快就检查完了，里面有几瓶烈性酒。哈德曼先生眨眨眼睛。

“在国境线上他们通常不怎么检查旅行箱——如果贿赂列车员就不用检查了。我马上拿出一沓土耳其钞票，就再也没有麻烦了。”

“那么在巴黎呢？”

哈德曼又眨眨眼。

“我一到巴黎，”他说，“剩下的这一点就会全部倒进贴有洗发水标签的瓶子里。”

“你不赞成禁酒，哈德曼先生。”布克先生笑着说。

“是的，”哈德曼说，“我只能说我从不担心禁酒令。”

“啊！”布克先生说，“是地下酒吧。”他小心翼翼地说出了这个词，像是在品味它，“你们美国的语言真是离奇有趣，富有表现力。”

“我倒是很想去美国。”波洛说。

“你可得学学那边的进取精神。”哈德曼说，“欧洲需要觉醒了。她整天半睡半醒的。”

“美国是个先进的国家，这是事实，”波洛同意道，“很多地方我都十分钦佩，只是——也许我是个守旧的人——但是我觉得美国的女性不如我们国家的迷人。法国或者比利时女孩，风情万种，我想没人能赶得上。”

哈德曼转过身，凝视着窗外的雪。

“也许你说得对，波洛先生，”他说，“不过我猜各个国家的人还是最喜欢他们本国的姑娘。”他眨眨眼，好像雪太刺眼了。

“眼花了是吗？”他说，“我说，先生们，这事儿真让我紧张——谋杀和大雪。而且什么也做不了，就是四处闲逛消磨时间。真想跟着什么人找点事情忙起来。”

“典型的西方忙碌精神。”波洛笑着说。

列车员放好行李之后他们去了隔壁的房间。阿巴思诺特上校正坐在角落里抽着烟斗看杂志。

波洛说明了来意，上校没有反对。他有两只很重的皮箱子。

“剩下的箱子都从船上托运走了。”他解释说。

像大多数军人一样，上校的东西整洁有序，几分钟就检查完了。波洛注意到一包烟斗通条。

“你一直用这种型号的吗？”他问。

“经常用，只要能弄得到。”

“啊！”波洛点点头。这些烟斗通条跟他在死者房间地板上发现的完全相符。

他们又回到过道上时，康斯坦汀医生也说到了这件事。

“尽管如此，”波洛嘟囔着，“我简直不能相信。这不像他的性格。如果能弄清楚这一点，就能解释清楚每件事了。”

下一个房间的门是关着的，是德拉戈米罗夫公主的房间。他们敲了敲门，里面传来公主低沉的声音：“进来。”

布克先生代表大家说话，解释来意的时候毕恭毕敬、礼貌文雅。

公主一言不发地听他说着，小小的蛤蟆脸上一点表情也没有。

“如果有必要的话，先生们，”布克先生说完之后她平静地说，“东西都在这里。我仆人那里有钥匙，会帮你们打开的。”

“您的钥匙一向是女仆拿着吗，夫人？”波洛问道。

“当然，先生。”

“那么假如在某个晚上，边境的海关人员要求打开箱子检查呢？”

老妇人耸了耸肩。“不可能。不过要是这样的话，列车员会找她过来的。”

“这么说，您非常信任她，是吗？”

“我已经跟你说过了，”公主平静地说，“我从来不用我不信任的人。”

“没错，”波洛若有所思地说，“这年头信任确实很重要。也许雇用一个可以信赖的朴实的女人比雇一个时髦的——比如机灵的巴黎女人——要好得多。”

他看到那双智慧的黑眼睛缓缓地转了转，然后牢牢地盯着他。“你这话到底在暗示什么，波洛先生？”

“没什么，夫人。我？没什么。”

“但是你有。你认为我得雇一个聪明的巴黎女人伺候我上厕所，不是吗？”

“也许这很常见，夫人。”

她摇摇头。“施密特对我很忠诚。”她故意拖长声音一字一顿地说，“忠诚——是无价的。”

德国女仆带着钥匙到了。公主用施密特的母语告诉她打开旅行袋，帮着先生们检查，自己则待在过道里看着外面的大雪。波洛留下来陪着她，留下布克先生检查行李。

她对他冷冷一笑。

“那么，先生，你不想看看我的旅行袋里都装了些什么吗？”

他摇摇头。“夫人，只是例行公事，仅此而已。”

“你是这么想的吗？”

“对您是这么想的。”

“然而我了解也深爱索妮亚·阿姆斯特朗。那么你怎么想？难道我不会杀死卡塞蒂这种流氓来弄脏自己的手吗？唉，也许你是对的。”

她沉默了一两分钟，接着又说：

“像这种人，你知不知道我更想怎么处置？我要召集所有的仆人，对他们说：‘打死这个人，把他扔到垃圾堆上去！’这是我年轻时的做事方式，先生。”

他仍旧没说话，只是专注地听着。

她忽然急躁地看着他。“你什么也不说，波洛先生，不知道你心里在想些什么？”

他用率直的目光看着她。“我想，夫人，您的力量在您的意志而非手臂。”

她低头看了看自己那瘦小、裹在黑衣服里的手臂，还有鸡爪般枯黄的、满是戒指的手指头。

“说得没错，”她说，“我没有力气——一点也没有。真不知道该高兴还是难过。”

然后她迅速转身回房，女仆正忙着收拾箱子。

公主打断了布克先生的道歉。

“不需要道歉，先生，”她说，“发生了凶杀案，就得采取行动。就是这么回事。”

“您真是太好了，夫人。”

他们离开时，她微微歪了歪头。

下面两个房间的门是关着的。布克先生停下来挠挠头。

“见鬼！”他说，“真麻烦，他们拿的是外交护照，行李免检。”

“海关检查可以免，但谋杀是另外一回事。”

“我知道。可我还是不想惹麻烦。”

“别烦恼，我的朋友。伯爵夫妇都是明白事理的人，瞧瞧亲切的德拉戈米罗夫公主是怎么对待这事的？”

“她真是一位贵妇人。这两位也是身份高贵的人，可是我觉得伯爵的性格有些蛮横无理。你坚持要询问他妻子时，他可是很不高兴。这回更得发火了。假如——嗯？——别检查他们了。毕竟他们跟这案子没关系。我们干吗自找麻烦呢？”

“我不同意你的说法，”波洛说，“我肯定安德雷尼伯爵会讲道理的。无论如何我们都得试试。”

没等布克先生张嘴，他就对着十三号房门猛敲一通。

里面传来“进来”的声音。

伯爵坐在门边的角落里看报纸，伯爵夫人在对面靠窗的角落里蜷缩着，头下面靠着一个枕头，像是睡着了。

“请原谅，伯爵先生，”波洛先说道，“请原谅打扰您了。我们正在检查车上所有旅客的行李，大多数情况下只是例行公事，可是又不能不做。布克先生提议说，因为您持有外交护照，有理由拒绝接受检查。”

伯爵考虑了一会儿。

“谢谢，”他说，“不过我不希望自己是个例外。我更愿意像其他旅客一样，让你们检查我的行李。”

他转向他妻子。“我想你不反对吧，埃伦娜？”

“一点也不。”伯爵夫人毫不犹豫地说。

随后进行了一番快速、敷衍了事的检查。波洛似乎是想通过问一些无关紧要的小问题来掩饰自己的尴尬，比如：

“您箱子上的标签都湿了，夫人。”他拿下一个蓝色的、上面有首字母简写和皇冠图样的摩洛哥箱子。

伯爵夫人没有回应这个话题。看起来她确实被整个搜查搞得心烦意乱。她仍旧蜷缩在角落里，做梦一般地盯着窗外。这时波洛在检查隔壁房间的行李。

检查结束之前，波洛打开盥洗池上的一个小橱柜，快速地扫了一眼里面的东西——一块海绵、面霜、香水，还有一个贴着台俄那标签的小瓶子。

然后双方很有礼貌地说了几句话，搜查小队就撤退了。

接下来是哈巴特太太、死者以及波洛自己的房间。

他们来到二等车厢，第一个是十号和十一号，里面住着正在看书的德贝纳姆小姐和格丽塔·奥尔松，后者正在睡觉，可他们一进来就醒了。

波洛重复了一遍例行的开场白。瑞典太太看上去焦虑不安，而玛丽·德贝纳姆小姐则是冷静又冷漠。

“如果您同意，小姐，我们会先检查你的行李，然后还得麻烦你过去看看那位美国太太怎么样了。我们帮她搬到隔壁车厢的一个房间里了，但是发现包里的刀之后，她还是很烦乱。我已经吩咐给她送去了咖啡，不过我觉得最好还是找个人跟她聊聊天。”

好心的太太的同情心马上被激起来了，当即就想过去。她的神经一定受到了很大的刺激，这位可怜的太太已经被这次旅行还有远离女儿弄得心烦意乱。啊，是的，她要马上过去——她的行李没上锁——而且还要给她带点氯化铵。

她匆忙离开了。她的财物很快就检查完了。她的东西就那么一丁点儿。显然，她还没有注意到帽盒中已然不见了一些铁丝。

德贝纳姆小姐放下手中的书，观察着波洛。他开口请求，她才交出了钥匙。他拿下箱子打开的时候，她问：

“你为什么把她支开了，波洛先生？”

“我？小姐，哦，去照顾美国太太。”

“很好的借口——可惜也只是个借口。”

“我不明白，小姐。”

“我认为你清楚得很。”她笑了，“你想让我一个人留在这儿，是吗？”

“别把这话强加给我，小姐。”

“还把想法也强加给你了吗？不，我可不这么想。你早有打算，是吧？”

“小姐，俗话说——”

“谁辩解谁就承认了——你是想说这个吗？你应该相信我的观察力和判断力。出于某些原因，你脑子里认为我知道关于这个卑鄙事件的一些内情——一个我从未见过的被谋杀了的人。”

“这都是你的臆测，小姐。”

“不，我可没胡思乱想，在我看来，很多时间都浪费在了不说真话上——拐弯抹角而不是有话直说。”

“那么你不喜欢浪费时间，是的，你喜欢直接说重点，你喜欢直来直去的方式。那好，我就照你说的做：直来直去。我要问问你，在叙利亚的车上我无意中听见的几句话是什么意思。在科尼亚车站，我下了车，你们英国人叫‘活动手脚’。大晚上的，你和阿巴思诺特上校的声音传进了我耳朵里。你对他说：‘不是现在，不是现在。等一切都结束了，等事情过去了。’你说这些话是什么意思呢，小姐？”

她极为平静地问道：“你认为我说的是——谋杀？”

“是我在问你，小姐。”

“这些话是有含义的，先生，但我不能告诉你，我只能以我的名誉向你保证，在上火车之前，我从来没见过这个雷切特。”

“那么，你拒绝解释这些话的意思吗？”

“是的，如果你这么想的话，我拒绝。这跟我……跟我承担的一项任务有关。”

“那这项任务已经完成了？”

“你是什么意思？”

“任务完成了，是吗？”

“你为什么这么想？”

“听着，小姐，我要提醒你另外一件事。我们到斯坦布尔那天，火车因为一点小事故耽搁了，你很是不安，小姐。你现在这么镇定自信，可那时你却没了冷静。”

“我不想错过转车。”

“你是这么说的。但是小姐，东方快车每个星期每天都有从斯坦布尔开出的车次，就算你耽误了转车，也不过是晚了二十四小时。”

第一次，德贝纳姆小姐一副要发脾气的样子。

“你好像没有意识到，有人可能有朋友在伦敦等着她，晚到一天就会打乱安排，产生很多麻烦。”

“啊，是这样吗？有朋友在等着你？你不想给他们带来不方便？”

“当然。”

“可是，奇怪的是——”

“有什么好奇怪的？”

“这列火车——我们又延误了。而且这次更为严重，因为根本不可能给你朋友发电报，或者打个长……长……”

“你是说长途电话吗？”

“啊，是的，你们管它叫多用电话。”

玛丽·德贝纳姆不禁微微一笑。“长途电话。”她纠正道，“是的，正如你所说，不能打电话，也不能拍电报，确实令人非常烦恼。”

“可是，小姐，这次你的态度大不一样。你没有显得不耐烦，而是沉着冷静。”

玛丽·德贝纳姆一脸通红，她咬着嘴唇，收起了笑容。

“你不回答我的问题吗，小姐？”

“很抱歉，我不知道有什么可回答的。”

“你态度的变化，小姐。”

“你不觉得自己有点大惊小怪吗，波洛先生？”

波洛抱歉地摊开手。

“这可能是我们侦探的一个缺点，我们总是希望人们表里如一，不允许情绪无端变化。”

玛丽·德贝纳姆没有做声。

“你跟阿巴思诺特上校很熟吗，小姐？”

他觉得转移话题能让她放松点。

“这次旅行我是第一次见到他。”

“有没有理由让你怀疑他可能认识这个雷切特？”

她果断地摇摇头。“我确定他不认识他。”

“你为什么这么肯定？”

“从他的话里。”

“可是，小姐，我们在死者房间的地板上发现了一根烟斗通条，而阿巴思诺特先生是火车上唯一抽烟斗的人。”

他严密地注视着她，可她表现得既不惊讶也不激动，只是说：

“荒谬，没有道理。阿巴思诺特上校是这个世界上最不可能犯罪的人——尤其是这么戏剧化的谋杀案。”

这跟波洛的想法如此符合，他觉得自己都快要同意她的看法了。可是他说道：

“我必须提醒你，小姐，你跟他并不熟。”

她耸耸肩。“我很了解这种类型的人。”

他说得很温和：

“你仍然拒绝告诉我那些话的意思吗，‘等事情过去了’？”

她冷冷地回答道：“我没什么可说的了。”

“没关系，”赫尔克里·波洛说，“我会查出来的。”

他鞠了一躬，离开了房间，关上门。

“那样做明智吗，我的朋友？”布克先生问，“你引起了她的警觉，而且通过她——阿巴思诺特上校也会对我们有所提防。”

“我的朋友，要想抓到兔子，就得在洞口放只貂；如果里面有兔子——它就会跑。这就是我所做的。”

他们走进希尔德嘉德·施密特的房间。

这个女人一切都准备妥当，她站在那儿，一脸恭敬却冷漠的表情。

波洛匆匆扫了一眼放在座位上的小箱子里的东西，然后他示意列车员把一个稍大一点的箱子从行李架上取下来。

“钥匙？”他问。

“没锁，先生。”

波洛打开搭扣，掀起箱盖。

“啊哈！”他说，转向布克先生，“还记得我说的吗？看这儿！”

在箱子的上面一层是一件匆忙卷起来的褐色的列车员

制服。

这个迟钝的女人忽然间变了脸色。

“啊呀！”她大喊，“不是我的！不是我放的！自从我们离开斯坦布尔，我就没打开过这箱子。真的，真的，是真的！”她轮番看着这三个人，眼神里充满恳求。

波洛温和地扶着她的胳膊，安慰着她。

“不，不，没事的。我们相信你。别紧张，我相信你没有把制服藏在这儿，就像我相信你是个好厨娘。瞧，你是个好厨娘，对不对？”

这女人听得云里雾里，不由自主地笑了。“真的，没错，我的女主人们都这么说。我……”

她不说话了，只是张着嘴，又是一副惊恐的样子。

“不，不，”波洛说，“我向你保证没事的。听着，我会告诉你是怎么一回事。这个人，就是你看到的穿列车员制服的人，从死者的房间里出来，差点撞到你。他运气可真不好。他希望没人看见他。下一步该怎么办？他必须扔掉制服，因为现在它已经不是个保护装备了，而是一个危险。”

他看了看布克先生和康斯坦汀医生，他们正在全神贯注地听着。

“你瞧，外面下着大雪，大雪打乱了他的全盘计划。他能把这些衣服藏在哪儿呢？所有的房间都住满了人。终于，他经过一个房间，门没锁，看上去里面没人。这肯定是他刚刚撞到的那个女人的房间。他溜了进去，脱下制服，急急忙忙塞进行李架上的一个箱子里。这衣服大概需要过一阵子才会被发现。”

“然后呢？”布克先生问。

“那我们必须得研究一下了。”波洛警告地看了他一眼。

他拿起衣服，上面第三个纽扣不见了。波洛把手伸进口袋里，掏出一把列车员用的可以打开所有房间的万能钥匙。

“这就可以解释这个人为什么能进入上了锁的门了。”布克先生说，“你问哈巴特太太的问题，没有必要了。不管锁不锁，这个人都能轻易地穿过连通门。毕竟，如果弄到了列车员制服，为什么不能弄到万能钥匙？”

“确实。”波洛说。

“其实我们应该知道的。你记不记得，米歇尔说他去应哈巴特太太的铃声时，她房间里通向过道的那扇门是锁着的。”

“是这样的，先生，”列车员说，“所以我以为这位太太肯定是在做梦。”

“但是没这么简单，”布克先生继续说道，“无疑他想锁上连通门，但是可能他听到床上有动静，吓了一跳。”

“现在，”波洛说，“我们只需要找到那件猩红色的睡衣了。”

“没错。可最后两个房间里住的都是男人。”

“照样检查。”

“哦，这是肯定的！另外，我记得你说过什么。”

赫克托·麦奎因很乐意配合检查。“我希望你们早点过来，”他苦笑着说，“我觉得我是火车上嫌疑最大的人，你们只要找到一份上面写着老头儿把全部财产都留给我的遗嘱，那么事情就搞定了。”

布克先生怀疑地看了他一眼。

“我只是在说笑，”麦奎因急忙补充道，“他一分钱也没留给我，真的。我只是对他有用——语言翻译什么的。你知道，只会说一口流利的美国话而不会别的语言，不一定能走运。我虽然不是那种通晓数国语言的人，但是购物、住宿——还可以用法语、德语和意大利语多少说一点。”

他的声音比平时稍大了一点，似乎虽然他看上去很乐意接受检查，但仍然有些紧张不安。

波洛出来了。“什么也没有，”他说，“连能沾上边儿的遗赠品都没有！”

麦奎因叹口气。“啊，总算卸下了心头的重担。”他幽默地说。

他们朝最后一间房走去，对大块头意大利人和男仆的行李的检查没有任何结果。

三个人站在车厢尽头，面面相觑。

“接下来怎么办？”布克先生问。

“我们回餐车去，”波洛说，“现在，我们能了解的全都了解到了。我们有了旅客的证词，行李的证据，我们看到的证据……不能指望再获得什么帮助了。现在，轮到我们动脑子了。”

他把手伸进口袋里摸烟盒，里面是空的。

“我一会儿就过来，”他说，“我需要烟。这是一件非常复杂、非常奇特的案子。是谁穿着那件猩红色睡衣？现在它在哪儿？真希望我知道。这案子之中有些东西——一些事实——我一时想不起来。这案子复杂，是因为有人把它弄复杂了。但是我们会讨论这一点的。稍等片刻。”

他沿过道匆匆地向自己的房间走去。他记得自己的旅行袋里还有一些香烟。

他拿下箱子，打开锁。

接着，他倒退了几步，目不转睛地看着。

箱子的最上一层整齐地叠着一件猩红色的薄丝绸睡衣，上面绣着龙。

“那么，”他喃喃地说，“是这样。一个挑战，很好，我接受了。”

第三部　赫尔克里·波洛静坐思考

第一章　是谁？

波洛走进餐车时，布克先生和康斯坦汀医生正在说话。布克先生看上去有些沮丧。

“来啦。”后者看见波洛时说。他的朋友坐下之后，他又补充道：“要是你破了这个案子，我亲爱的，我真的会相信奇迹了！”

“让你担心了吗，这个案子？”

“当然让我担心了，完全摸不着头脑。”

“我同意。”医生说，他饶有兴致地看着波洛，“坦白说，”他说，“我看不出来你接下去要做什么。”

“看不出！”波洛若有所思地说。

他掏出烟盒，点了一支细长的烟，眼神迷离。

“对我而言，这正是本案的吸引人之处。”他说，“所有正常的破案程序都被切断了，我们听到的这些人的证词，是真的还是假的，我们无法找到答案——除非我们自己想出来。这是对大脑的一个锻炼。”

“非常好，”布克先生说，“但是你有何依据呢？”

“刚才我告诉过你了，我们有旅客的证词，还有自己看到的证据。”

“旅客的证词很棒！但等于什么也没告诉我们！”

波洛摇了摇头。

“我可不同意，我的朋友。旅客的证词给我们提供了几个有意思的要点。”

“真的吗？”布克先生怀疑地说，“我没看出来。”

“因为你没有听。”

“那么，告诉我，我漏掉了什么？”

“只需要举个例子——我们听到的第一份证词，年轻的麦奎因说的。在我看来，他说了一句非常重要的话。”

“关于那些信的？”

“不，不是信。我现在还记得，他是这么说的：‘我们到处旅行。雷切特先生想环游世界，可语言不通，于是我更像是个旅游团的导游而不是秘书。’”

他看看医生，又看看布克先生。

“怎么，还没明白吗？这就不能原谅了，因为你刚才还有第二个机会，他说：‘只会说一口流利的美国话而不会别的语言，不一定能走运。’”

“你是说——”布克先生仍旧一脸迷茫。

“啊，你想让我逐字逐字地说给你听。好吧，我说了。雷切特不会说法语。可是列车员昨天晚上去应铃的时候，房间里传出来一个声音，是用法语告诉他弄错了，不需要什么了。而且用的还是一句惯用短语，只知道几个法语单词的人可不会选这么一句话来说：‘没事，我按错铃了。’”

“就是这样，”康斯坦汀医生兴奋地大声说道，“我们应该注意到这一点！我记得你对我们重复这句话时加重了语气，现在我明白你为什么不肯接受那块瘪了的表上的证据。一点差二十三分时，雷切特已经死了。”

“那是凶手在说话。”布克先生感触地说。

波洛不赞成地抬抬手。

“不要进行得太快。我们所做的假设不能多于实际知道的。我认为，完全可以这么说，在那个时间——一点差二十三分——有另外的人在雷切特的房间里，而且那个人要么是法国人，要么能说一口流利的法语。”

“你真是谨慎小心，我的朋友。”

“我们只能一次向前推进一步。我们没有确凿的证据证明雷切特死于那个时间。”

“有个叫喊声惊醒了你。”

“对，是这样。”

“在某种程度上，”布克先生若有所思地说，“这一发现并没有对案情产生太大的影响。你听到隔壁有人在走动，那不是雷切特，而是另外的人。无疑，他正在冲洗手上的血，清理案发现场，烧掉能成为罪证的信件。之后他一直等到周围静下来，他认为安全了，过道上没有人了，就从里面锁上雷切特房间的门，搭上链条，打开通向哈巴特太太房间的那扇连通门，然后溜走。事实上，这也正是我们所想的——不同之处在于雷切特被杀的时间早了大概半小时，而且手表被拨到一点一刻，这是为了制造不在场证据。”

“这个不在场证据做得可不太高明，”波洛说，“手表的指针指向一点一刻——也就是这个闯入者离开现场的确切时间。”

“没错，”布克先生有点糊涂，“那么手表给你提供了什么信息？”

“如果指针被人拨过了——我是说如果——那么所指的时间一定有某种意义。正常的推测应该是：凡是在这个特定时间，一点一刻，有可靠的不在场证明的人都有嫌疑。”

“是的，是的，”医生说，“推理得不错。”

“我们还得稍稍注意一下凶手进入房间的时间。他什么时间才有机会进去呢？除非我们假设那个真正的列车员是同谋，否则，他只有一个时间点可以进去——火车停在温科夫齐站的时候。火车离开温科夫齐之后，列车员始终面向过道而坐，而且旅客很少会留意列车员，唯一能发现假冒者的是真正的列车员。但是火车在温科夫齐停下来时，列车员都到站台上去了。所以，这个阻碍没有了。”

“而且根据我们之前的推断，肯定是其中一个旅客。”布克先生说，“我们又回到原点了。他们中的哪一个呢？”

波洛笑了。

“我列了个名单，”他说，“如果你们想看看，也许能恢复一些记忆。”

医生和布克先生一起仔细地看着这张名单。上面按照询问旅客的次序，写得有条不紊，非常整齐。

赫克托·麦奎因，美国人，六号卧铺，二等厢

动机——可能跟死者有交往而引起的。

不在场证明——午夜至凌晨两点。（午夜至一点半，阿巴思诺特上校作证；一点一刻至两点，列车员作证。）

不利证据——无。

疑点情况——无。

列车员皮埃尔·米歇尔，法国人

动机——无。

不在场证明——午夜至凌晨两点。（十二点三十七分，有声音从雷切特房里传出来时，波洛在过道里见过他。一点至一点十六分，其他两个列车员作证。）

不利证据—— 无。

疑点情况——列车员制服的发现对他有利，因为似乎是有人想要栽赃给他。

爱德华·马斯特曼，英国人，四号卧铺，二等厢

动机——可能因为是死者的男仆所以有所关联。

不在场证明——午夜至凌晨两点。(安东尼奥·福斯卡雷利作证。)

不利证据或可疑情况——无。除了根据身高体形，他是唯一能穿得下列车员制服的人。另一方面，他不太可能会说法语。

哈巴特太太，美国人，三号铺，头等厢

动机——无。

不在场证明——午夜至凌晨两点——无。

不利证据或可疑情况——哈德曼和施密特的证词可以证明她的话，即有个男人在她房间。

格丽塔·奥尔松，瑞典人，十号铺，二等厢

动机——无。

不在场证明——午夜至凌晨两点。(玛丽·德贝纳姆作证。)

注：她是最后一个看见雷切特活着的人。

德拉戈米罗夫公主，法国籍，十四号铺，头等厢

动机——与阿姆斯特朗一家关系密切，还是索妮亚·阿姆斯特朗的教母。

不在场证明——午夜至凌晨两点。(列车员和女仆

作证。）

不利证据或可疑情况——无。

安德雷尼伯爵，匈牙利人，外交护照，十三号铺，头等厢

动机——无。

不在场证明——午夜至凌晨两点。（列车员作证，不包括一点至一点十五分这段时间）。

安德雷尼伯爵夫人，同上，十二号铺，头等厢

动机——无。

不在场证明——午夜至凌晨两点服台俄那，睡觉。（她丈夫作证。台俄那药瓶在她的橱柜里。）

阿巴思诺特上校，英国人，十五号铺，头等厢

动机——无。

不在场证明——午夜至凌晨两点，和麦奎因谈到一点半，回房后没有离开过。（麦奎因和列车员作证。）

不利证据或可疑情况——烟斗通条。

赛勒斯·哈德曼，美国人，十六号铺，二等厢

动机——未知。

不在场证明——午夜至凌晨两点从未离开过包房。(列车员作证，除了一点到一点十五这段时间。)

不利证据或可疑情况——无。

安东尼奥·福斯卡雷利，美籍意大利人，五号铺，二等厢

动机——无。

不在场证明——午夜至凌晨两点。(爱德华·马斯特曼作证。)

不利证据或可疑情况——无，除了使用的凶器符合他的性格。(参考布克先生的意见。)

玛丽·德贝纳姆，英国人，十一号铺，二等厢

动机——无。

不在场证明——午夜至凌晨两点。(格丽塔·奥尔松作证。)

不利证据或可疑情况——波洛无意听到的对话，而且她拒绝解释。

希尔德嘉德·施密特，德国人，八号铺，二等厢

动机——无。

不在场证明——午夜至凌晨两点睡觉。大约十二点三十八分被列车员唤醒，去女主人那里。(列车员

和她女主人作证。)

注:旅客的证词由列车员的供词证实,就是,午夜至一点(他去隔壁车厢的时候),以及一点一刻至两点,没有人进出过雷切特的房间。

“这些资料,”波洛说,“只不过是我们听到的证词的摘要,这么排列是为了方便起见。”

布克先生做了个鬼脸,把它还给了波洛。“没什么启发性。”他说。

“也许你会觉得这个更合你的口味,”波洛说着,微微一笑,又递给他第二张纸。

第二章　十个问题

纸上写着：

需要解释的事情：

1. 有字母H的手帕。是谁的？

2. 烟斗通条。是阿巴思诺特上校丢的，还是其他人的？

3. 穿猩红色睡衣的是谁？

4. 假扮成列车员的那个男人或女人是谁？

5. 为什么手表针指向一点一刻？

6. 谋杀发生在那个时间吗？

7. 是更早？

8. 还是晚一些？

9. 我们能确定，杀死雷切特的不止一人吗？

10. 他身上的多处刀伤还有别的解释吗？

“好，我们看看能做些什么，”布克先生说，这些对智力的挑战，让他面露喜色，“从手帕开始吧，务必做到有次序、有条理。”

布克先生带着一点训导的语气继续说道：

“首字母H跟三个人有关——哈巴特太太(Hubbard)；德贝纳姆小姐，她的中间名字是赫米翁(Hermione)；还有女仆希尔德嘉德·施密特（Hildegarde Schmidt)。”

“啊！就是三个人中的一个？”

“很难说。但是我认为是德贝纳姆小姐。大家都知道，也许大家都叫她的中间名而非第一名字。而且还有一些疑点跟她有关。你听到的对话，亲爱的朋友，确实有点奇怪，而且她拒绝解释，这也很奇怪。”

“我选那个美国人，”康斯坦汀医生说，“这块手帕非常昂贵，而且全世界都知道，美国人不关心价格。”

“所以你们都排除了女仆？”波洛问。

“是的，就像她自己说的，手帕是上层社会的人用的。”

“说到第二个问题——烟斗通条。是阿巴思诺特上校掉的，还是其他人？”

“这就更加难说了。英国人，不会刺人。你是对的，我倾向于是别人掉的这个观点，而且是为了嫁祸给那个长腿英国人。”

“正如你所说，波洛先生，”医生插话进来道，“留下这两条线索也太粗心大意了。我同意布克先生的说法。手帕是个真正的疏忽——既然没有女士承认这块手帕是自己的。烟斗通条则是个虚假线索。你们注意到阿巴思诺特上校没有表现出任何窘迫，而且很自然地承认自己抽烟斗，也使用这种类型的烟斗通条，这样就更能证明我的推论了。”

“你的推论不错。”波洛说。

“第三个问题——穿猩红色睡衣的是谁？”布克先生接着说，“关于这一点，我承认我毫无头绪。你有什么看法吗，医生？”

“没有。”

“那么我们只好承认自己在这个问题上输了。下一个问题，无论如何，总算有点希望。假扮成列车员的那个男人或女人是谁？关于这点，我们肯定可以列出几个不可能的人：哈德曼、阿巴思诺特上校、福斯卡雷利、安德雷尼伯爵以及麦奎因全都太高；哈巴特太太、希尔德加德·施密特和格丽塔·奥尔松的骨架很大；剩下的还有男仆、德贝纳姆小姐、德拉戈米罗夫公主以及安德雷尼伯爵夫人——可是她们谁都没有可能！格丽塔·奥尔逊和安东尼奥·福斯卡雷利分别发誓说德贝纳姆小姐和男仆从未离开过房间。希尔德嘉德·施密特发誓说公主在自己的房间里，而且安德雷尼伯爵告诉我们说他妻子服用了安眠药。所以，看起来每个人都是不可能的——太荒谬了！”

“就像我们的老朋友欧几里得说的。”波洛咕哝着说。

“肯定是那四个人中的一个，”康斯坦汀医生说，“除非是有人从外面进来，找到了藏身的地方——不过我们都认为这不可能。”

布克先生说起了下一个问题。

“问题五——为什么手表针指向一点一刻？我有两个解释。要么是凶手弄的，以便留下不在场证据；后来，他打算离开房间的时候，听见过道上有人走动而没走成。或者——等等，我有了个新想法——”

布克先生痛苦地作思想斗争的时候，其他两个人都恭恭敬敬地等待着。

“想到了，”最后他终于说道，“拨指针的不是那个穿列车员制服的凶手！是我们称为凶手二号的那个人——左撇子——换句话说，就是穿猩红睡衣的那个女人。她到那里比较晚，为了制造不在场证明，她拨了手表指针。”

“真棒！”康斯坦汀医生说，“想象得真棒。”

“事实上，”波洛说，“她是摸黑刺的，因此没有意识到他已经死了，可不知怎么，她推测他的睡衣口袋里有块表，就拿了出来，摸索着拨了指针，然后还把表砸瘪了。”

布克先生冷冷地看着他。“你还有更好的解释吗？”他问。

“在这一刻，没有。”波洛承认，“反正，”他继续说道，“我认为你们两个人都没有意识到这块手表最有意思的一点。”

“是第六个问题要回答的吗？”医生问道，“关于这个问题——谋杀是发生在一点一刻吗？——我的答案是不。”

“我同意，”布克先生说，“下一个问题是‘是更早吗？’我回答：是！你也是这么想的，对吗？”

医生点点头。“是的。但是下一个问题，‘还是晚一些？’其回答也是肯定的。我同意你的理论，布克先生，而且我觉得不管我们愿不愿意承认，波洛先生也是同意的。凶手一号是在一点一刻之前作案的，但是凶手二号则是在之后作案的。说到左撇子的问题，我们是否应该弄清楚哪个旅客是左撇子？”

“我并没有完全忽视这一点，”波洛说，“你们可能已经注意到，我让每个旅客都签了名或写下了地址。不过这不是决定性的证据，因为有些旅客确实是用右手做一些事，用左手做另外一些事。有些人惯用右手，然而却用左手打高尔夫。不过仍然有一定帮助。每个旅客都是用右手拿笔的，除了德拉戈米罗夫公主。她拒绝写字。”

“德拉戈米罗夫公主——不可能。”布克先生说。

“我怀疑她没有力气用左手刺那一刀。”康斯坦汀医生疑惑地说，“造成那种伤口需要很大的力气。”

“女人使不出那么大的力气？”

“不，我不是这个意思。但是我认为会比一个老妇人的力气大，德拉戈米罗夫公主的体质特别虚弱。”

“也许这是一个精神影响肉体的问题，”波洛说，“德拉戈米罗夫公主的个性非常强，意志力也很巨大，但是现在先不谈这个。”

“第九个和第十个问题，杀死雷切特的不止一人，多处刀伤是否还有别的解释。我从医学的角度来看，这些刀伤没有其他解释。假如，一个男人先轻轻地刺一刀，再使劲刺；先右手后左手；再过半小时之后，在尸体上造成新的伤口——好吧，这说不通。”

“对，”波洛说，“这说不通。那你觉得凶手是两个人说得通吗？”

“就像你自己刚才说的，还能有什么其他解释呢？”

波洛直直地盯着他。“我就是这么问自己的，”他说，“从未停止过。”

他向后靠在椅子里。

“从现在起，所有的都在这里。”他拍拍额头，“我们已经反复深入地研究过了，事实全都摆在眼前，有条不紊，非常整齐。旅客们坐在这儿，一个接一个地提供了证词。我们知道了所有能知道的——从表面上看……”

他亲切地冲布克先生笑了笑。

“对我们来说，这是个小玩笑，对吗——坐着能想出真相吗？好，我要立即把理论用于实践——用在你们面前的这里。你们两位也得这么做。让我们三个人都闭上眼睛，思考……

“一个或多个旅客杀死了雷切特。是哪几个呢？”

第三章　启发性的几点

足足有十五分钟没人说话。

布克先生和康斯坦汀医生尽量按波洛说的做。他们努力从迷宫一样的矛盾的细节中找到一个清晰且突出的结论。

布克先生的脑海中是这么想的：

“我的确得思考，可是那些问题我已经想过了呀……很明显，波洛认为那个英国女孩跟本案有关系，可我总觉得这不可能……英国人都非常冷漠，可能是因为他们身材不美。但这不是重点。看样子那个意大利人不可能这么做——真可惜。我觉得那个英国男仆说他房间里的另一个人从未离开过，应该没有撒谎。可是他怎么会杀人呢？贿赂英国人可不容易，他们那么难以接近。整件事简直倒霉透顶。我不知道我们什么时候才能走出去，总得做一点救援工作。这些国家做事这么慢……做什么事之前先得想上几个小时。还有这些国家的警察，他们最不好应付了——自高自大，暴躁易怒，还摆出一副有尊严的样子。他们会把这件事闹大，因为他们难得有这么个机会。所有的报纸上都会刊登着……”

接下来，布克先生的思路又沿着他们已经走过几百次的老路走下去了。

康斯坦汀是这么想的：

“他真奇怪，这个小个子。一个天才，还是一个怪人？他能解开这个谜题吗？不可能——我看不到出路。这一切都太混乱了……没准，每个人都在撒谎……可是就算这样也没用。如果他们全都在说谎，可还是那么让人迷惑，好像他们都在说真话。关于那些刀伤的说法很古怪，我无法理解……如果他是被枪打死的，就容易理解了——毕竟，‘带枪者’这个词意味着他们得有把枪。美国是个奇妙的国家。我真得去那里看看。真是先进啊。我回到家一定得找到迪米特里厄斯·扎刚——他去过美国，有一脑子的新鲜玩意儿。不知道他现在正在做什么，要是我老婆知道了……”

他的思维已经完全走向了个人问题。

赫尔克里·波洛一动不动地坐在那儿。

别人可能会以为他睡着了。

忽然，经过一刻钟的静默之后，他的眉毛开始慢慢地舒展开来，轻叹一声之后，他蚊子般地咕哝道：

“可是，毕竟，为什么不呢？而且如果是这样——嗯，如果这样，一切就能解释清楚了。”

他睁开了绿得像猫眼一样的眼睛，轻声说：“好啦，我想完了。你们呢？”

思绪飘到九霄云外去的两个人，开始大声地说了起来。

“我也想完了。”布克先生脸上蒙上了一层羞愧的阴影，“但是还没有得出结论。解释这个案子是你的责任，不是我的，朋友。”

“我也费尽心思很努力地想过了，”医生说，厚颜无耻地回想着刚才自己脑子中的色情细节，“我想了各种可能性，不过一个也不满意。”

波洛和蔼地点点头，像是在说：

“非常好。这么说就对了，你们已经给了我需要的提示。”

他坐得笔直，挺着胸脯，摸着小胡子，像演说家发表公开演讲那样说道：

“朋友们，我把脑子里的事实都检查了一遍，也考虑过旅客的证词，然后得出了一个结论：虽然很模糊，但我看到了某种掩盖我们已知事实的解释。这是个非常奇怪的解释，我还无法确定是不是真的。为了证明其正确性，我得做几个试验。

“首先我说几点看起来对我有启发性的问题。让我先从和布克先生在这个地方一起吃午饭时，他给我讲的一句话开始说起吧。他说我们周围都是一些不同阶层、不同国籍、不同年龄段的人。这在一年中的这个时候确实是很少见的。比如，雅典－巴黎，布加勒斯特－巴黎这两节车厢几乎是空的。别忘了，还有一个旅客没出现。我认为这个人值得注意。另外，还有几个小问题对我很有启发——比如，哈巴特太太洗漱包的位置，阿姆斯特朗太太母亲的名字，哈德曼先生的侦探手法，麦奎因所说的是雷切特自己烧毁了我们发现的焦了的纸片，德拉戈米罗夫公主的教名，以及匈牙利人护照上的油迹。”

两个人凝视着他。

“这些问题对你们有没有启发？”波洛问道。

“一点没有。”布克先生坦白道。

“医生，你呢？”

“我连你说的是什么也没弄明白。”

布克先生赶紧抓住他朋友提到的一个看得见摸得着的问题，在一堆护照中分拣起来。接着，他咕哝一声，拿起了安德雷尼伯爵夫妇的护照，打开。

“这就是你说的吗，这块污渍？”

“是的，这是一块刚滴上去的油迹。你注意到它在什么地方吗？”

“在伯爵夫人姓名一栏的前端——准确地说，是她的教名。可我承认我还是没弄明白。”

“我从另外一个角度来解释这个问题。让我们回到在案发现场发现的那块手帕上面。就像前不久我们说过的那样，三个人跟这个字母有关系：哈巴特太太、德贝纳姆小姐和女仆希尔德嘉德·施密特。现在我们从另外一个观点看这块手帕。我的朋友们，这是一块非常昂贵的手帕——一件奢侈品、手工制作、巴黎刺绣。这些旅客中，先不说姓名首字母，哪一个人有可能拥有这么一块手帕？不是哈巴特太太，她是个举止得体的女人，不喜欢在衣着上表现得很奢侈。不是德贝纳姆小姐，那个阶层的英国女人都用雅致的麻布手帕，而非昂贵的、可能要花掉两百法郎的棉纱手帕。而且肯定不是女仆。但是火车上有两个女人有可能用这种手帕。总之，让我们看看是否能把她们的名字跟字母 H 联系起来，我说的是德拉戈米罗夫公主——”

“她的教名是娜塔丽亚。”布克先生挖苦道。

“对极了。而且她的教名，正如我刚才所说，显然具有启发性。另一个人是安德雷尼伯爵夫人，那么我们就会马上想到——”

“只有你！”

“好吧，是我会马上想到。她护照上的教名被一块油迹弄糊了。只是个意外，任何人都会这么说。可是，想一想那个教名。埃伦娜[1]。假设，不是埃伦娜，而是海伦娜[2]。大写的 H 可以改成大写的 E，就能轻易地盖住旁边那个小小的 e，再弄一块油渍掩盖这种改变。”

“海伦娜！”布克先生喊道，“想法真不错。”

“当然是个好主意！我到处寻找我这个想法的证明，

---

①英文为 Elena。

②英文为 Helena。

不管多么微小——并且找到了。她行李箱上的一个标签有些潮湿，正好在箱子上面的首字母上。标签是用水浸湿之后，揭下来又贴在另外一个地方。”

“你开始说服我了，”布克先生说，“但是安德雷尼伯爵夫人——当然——”

“啊，现在，我的朋友，你必须转变观念，从完全不同的角度探索这个案子。凶案本来应该怎样出现在众人面前呢？别忘了，大雪打乱了凶手的原始计划。让我们想象一下，如果没有大雪，火车就会正常行进，那么，会发生什么？”

“可以说，凶手十有八九会于今天早上在意大利边境被发现，意大利警方同样会获得很多相同的证词。麦奎因先生会说出那些恐吓信，哈德曼先生会讲他的故事，哈巴特太太会急切地说出有个男人经过她的房间，纽扣也会被发现。我想，只有两件事会有所不同。那个男人会在一点之前穿过哈巴特太太的房间，而列车员制服会被扔在一个厕所里。”

“你的意思是？”

“我的意思是，凶杀案原本计划得像是外面的人干的。凶手原本打算等火车零点五十八分准时到达布罗德时下车，有人可能会在过道上碰见一个奇怪的列车员，制服则被扔在一个显眼的地方，这样人们就能看清凶手设计的骗局。这样所有的旅客都不会有嫌疑。我的朋友，凶案原本是想以这样的形式展现出来的。

“但是大雪改变了一切。毫无疑问，我们已经知道凶手为什么在房间里跟受害人待这么久了，他在等火车继续往前开。但是他最终意识到火车开不了了，必须另行制订计划。现在已经知道凶手仍然还在火车上。”

“没错没错，”布克先生不耐烦地说，“这些我都明白。但是手帕从何而来？”

“我会用比较曲折迂回的方式解释给你听。首先你们得意识到那些恐吓信有些瞎蒙的性质，可能是从一本差劲的美国侦探小说里抄的，不是真的。实际上，只是给警方看的。我们必须问自己的就是：‘它们骗到雷切特没有？’表面上看是没有。他给哈德曼的指令好像指的是一个明确的‘个人’的敌人，他完全掌握了敌人的身份，前提是我们认为哈德曼的故事是真的。但是雷切特确实收到了一封风格迥异的信——内容包含阿姆斯特朗小孩的信，也就是我们在他房间发现的碎片。万一雷切特没有及早意识到，就要确保他明白为什么自己的生命受到了威胁。我一直在说的那封信，凶手没打算让人发现，他首先关心的就是烧掉这封信。然而这是他计划中的第二个障碍。第一个是大雪，第二个是我们复原了那封信。

“如此小心地烧毁那封信，这只能说明一个问题，那就是：火车上一定有人跟阿姆斯特朗家有密切的关系，而发现那封信，就会直接导致那个人受到怀疑。

“现在，我们说说发现的另外两条线索。我先略过烟斗通条的问题，因为我们说得已经够多了。我们说说手帕的问题。很简单，这条线索直指名字首字母为H的人，而且是那个人无意中掉落的。”

“非常对。”康斯坦汀医生说，“发现手帕掉了之后，她会立即采取措施隐瞒教名——”

“你还真是快！你这么快就得出结论了，我可还不敢允许自己这么说。”

“还有其他结论吗？”

“当然有。比方说，假如你犯了罪，并且想嫁祸于人，而且，火车上有一个人跟阿姆斯特朗家关系密切——是个女人。假如，那时候你留在那儿一块属于那个女人的手帕，她就会受到讯问，她跟阿姆斯特朗家的关系就会公开——就是：动机——也是与案子有牵连的证据。”

“但是在这个案子中，”医生表示反对，“清白的嫌疑人没有采取什么行动掩饰身份。”

“啊，真的吗？你是这么认为的吗？这正是警方的观点。但是我了解人性，我的朋友，面对突如其来的谋杀审讯，就算最清白无辜的人也会失去理智做出最荒唐的事情。不，不，油迹和修改过的标签不能证明安德雷尼伯爵夫人有罪——只能证明她由于某个原因而急于隐瞒身份。”

“你觉得她跟阿姆斯特朗家有什么关系？她说她从未去过美国。”

"确切地说，她的英语带有外国口音，相貌也像个外国人[1]，只是有些夸张。但是不难猜到她是谁。刚才我说过阿姆斯特朗太太母亲的名字，叫琳达·阿登，她是个非常著名的演员，尤其是作为一个莎士比亚戏剧的演员。想想《皆大欢喜》中的阿登和罗莎琳德森林。她给自己取名字的灵感即来自于此。那个让她享誉全球的名字，'琳达·阿登'，并非她的真名。她的本名可能是戈尔登贝格，在她身上，很有可能流淌着中欧人的血，也许掺有犹太人的血液。很多民族都漂泊去了美国。我提示你们一下，先生们，阿姆斯特朗太太的妹妹就是埃伦娜·戈尔登贝格，琳达·阿登的小女儿，惨剧发生时她还是个孩子，后来，嫁给了在华盛顿当使馆专员的安德雷尼伯爵。"

"可是德拉戈米罗夫公主说，她嫁给了一个英国人。"

"可是他的名字她却不记得了！我问你，我的朋友，可能吗？德拉戈米罗夫公主爱琳达·阿登，就像贵妇人爱伟大的演员一样。她还是这个演员其中一个女儿的教母，这么快就忘记她女儿的夫姓了吗？不可能。我觉得我们可以有把握地说她在撒谎。她知道埃伦娜就在火车上，还见过她。听到雷切特的真实身份时，她马上就意识到埃伦娜会受到怀疑。所以我们问到阿姆斯特朗太太的妹妹时，她立刻撒了谎——模糊了，记不得了，但是认为埃伦娜嫁给

①这里的外国人，是相对于美国人而言。

了一个英国人——与真相相去甚远的说法。

一个餐车服务员从另一边的门口进来，走到他们前面，对布克先生说：

“吃饭了，先生们。要送上来吗？已经做好了一会儿了。”

布克先生看看波洛，后者点点头。“一定要开饭。”

服务员从另一个门走了出去，传来他按铃的声音以及大喊声：

“头等厢，开饭了，开始供应晚饭——第一桌！”

第四章　匈牙利护照上的油渍

波洛和布克先生、医生在同一张桌子上吃饭。

在餐车里的人都闷闷不乐的，不怎么说话。就连总是喋喋不休的哈巴特太太也异常安静。她一坐下就咕哝道：

“我觉得自己没有心情吃饭。”之后，她在仍然自认为是她的守护者的瑞典太太的鼓励下，把送上来的东西每样都吃了一点。

上菜之前，波洛拉住服务员领班的袖子，跟他嘀咕了几句。接着伯爵夫妇的饭菜总是最后才送上桌，给他们结账的时候也有所拖延，于是康斯坦汀医生猜出了波洛刚才的指示内容。这样一来，伯爵夫妇就成了最后离开餐车的人。

终于，他们站起身，朝门口走去，波洛也急忙站起来跟在他们后面。

“对不起，夫人，您的手帕掉了。”

他递给他一块小小的、有花押字的手帕。

她接过来看了一眼，又还给他了。“你弄错了，先生，这不是我的手帕。”

“不是？您确定吗？”

“绝对没错，先生。”

“可是，夫人，上面有您的名字的首字母 H。”

伯爵忽然一动。波洛没有理他，两眼紧紧盯住伯爵夫人的脸。

她镇定地看着他，说：

“我不明白，先生，我名字的缩写是 E.A.。”

“我不这么想，您的名字是海伦娜，不是埃伦娜。海伦娜·戈尔登贝格，琳达·阿登的小女儿——海伦娜·戈尔登贝格，阿姆斯特朗太太的妹妹。”

死一般的沉寂。伯爵夫妇的脸色变得惨白。

波洛用一种温和的语气说：“否认是没用的，这是事实，对吗？”

伯爵怒不可遏地大叫起来：“我需要个解释，先生，你有什么权利——”

她制止了他，一只小手捂住了他的嘴。

“不，鲁道夫，让我来说。否认这位先生的话是没用的。我们还是坐下来谈谈这件事吧。”

她的腔调发生了变化，虽然仍带有浓厚的南方口音，但是变得清晰锐利起来，第一次流露出了地道的美国口音。

伯爵顺从了妻子的阻止，不再说话了。两人在波洛对面坐了下来。

“你说的话，先生，非常正确。”伯爵夫人说，“我是海伦娜·戈尔登贝格，阿姆斯特朗太太的妹妹。”

“今天早上的时候您没告诉我这个事实，伯爵夫人。”

“是的。”

“实际上，您跟您丈夫所说的全都是谎言。”

“先生！”伯爵生气地叫了起来。

“别生气，鲁道夫。波洛先生说的事实的确很残酷，但不可否认。”

“很高兴您能如此坦率直接地承认事实，夫人。现在可否请您告诉我您为什么这么做，以及为何在护照上修改您的教名吗？”

“这全是我做的。”伯爵插嘴道。

海伦娜平静地说：“当然，波洛先生，你能猜出原因——我们的原因。死者就是杀害我小侄女的那个人，他杀死了我姐姐，伤透了我姐夫的心。我最爱的这三个人，他们是我的家人——我的世界！”

她的声音激情地迸发而出。她母亲所演绎出来的情感的力量让无数观众感动到落泪，而此刻的她，确凿无疑是那个伟大女演员的女儿。

她平静了一些，继续说道：

“整个火车上，可能就数我要杀他的动机最强了。”

“您没杀他吗，夫人？”

“我发誓，波洛先生——而且我丈夫也知道，也可以发誓——尽管我很想杀了他，却从来碰都没碰过他。”

“我也发誓，先生，”伯爵说，“我以我的名誉向你保证，海伦娜昨晚从未离开过自己的房间。正如我所说，她吃了一片安眠药。她绝对、完全无罪。”

波洛把他们两个打量了一番。

“以我的名誉保证。”伯爵又说了一遍。

波洛轻轻摇摇头。

“然而您承认是您在护照上改名字了？”

“波洛先生，”伯爵真挚而激动地说，“请从我的角度想一想。你觉得我能忍受让自己的妻子扯进一场肮脏卑鄙的刑事案件中吗？她是清白的，我知道，但她所说的也是实情——由于她跟阿姆斯特朗家的关系，肯定最先被人怀疑。她将受到讯问——也许会被捕。既然厄运让我们跟那个雷切特上了同一列火车，我相信只有这一条路了。我承认，先生，我对你撒谎了——我说的全都是谎话，但有一件事除外。我妻子昨晚从未离开过她的房间。”

他说得十分恳切，让人难以否定。

“我并不是说怀疑您，先生，”波洛缓缓地说道，“我知道，您的家族古老而值得骄傲，假如您的妻子被扯进一件讨厌的刑事案件中，确实是痛苦的事。我很是同情。但您妻子的手帕的确出现在了死者的房间里，您要怎么解释呢？”

“那手帕不是我的。”伯爵夫人说。

“就算上面有个首字母 H？”

“就算上面有个首字母H。我的手帕跟那块有些相似，但样式确实有所不同。当然，我知道，我不能期望你能相信我，但是我向你保证那块手帕不是我的。”

“可能是有人放在那儿的，以便嫁祸给您？”

她浅浅地笑了笑。“你是在怂恿我承认手帕是我的吗？但是波洛先生，真的不是我的。”她极其真诚地说道。

“如果手帕不是您的，那您为什么要修改护照上的名字？”

伯爵回答了这个问题。

“因为我们听说发现了一块绣有首字母 H 的手帕。在被叫去询问之前，我们一起商量了一下。我向海伦娜指出，如果被人发现她的教名的首字母是 H，肯定会立刻引起怀疑，受到更多严苛的提问。这事很简单——把海伦娜改成埃伦娜，轻而易举。”

“您的手法倒是跟罪犯一样高明，伯爵先生，”波洛干巴巴地说，“伟大的、天生的聪明才智，显然是要毫不留情地误导正义。”

“哦，不，不，”女孩俯身向前，用法语说，“波洛先生，他已经向你解释过了，”她又改成了英语，“我吓坏了——完全被吓个半死，你知道。这事很可怕——那时——现在又要旧事重提。而且还要被人怀疑，可能还会被扔进监狱。我只是害怕极了，波洛先生，你一点也不理解吗？”

动听、低沉、丰富、恳求般的声音，演员琳达·阿登的女儿的声音。

波洛严肃地看着她。

“如果我相信您，夫人——我不是说不相信您——那么您得帮我一个忙。”

“帮你？”

“是的。谋杀的原因在于从前——那个让你的家庭变得支离破碎，让你年幼的生活充满悲伤难过的悲剧。带我回到过去吧，小姐，也许我能找到解释整件事情的环节。”

“有什么可以告诉你的呢？他们全死了。”她悲伤地重复着，“全死了——全死了——罗伯特，索妮亚——亲爱的、亲爱的黛西。她那么可爱——那么幸福——长着一头活泼的鬈发。我们都为她着迷。”

“还有另外一个受害者，夫人，可以说，是个间接的受害者。”

“可怜的苏珊娜？是的，我把她给忘了。警察询问了她，认定她跟此事有关。也许有关，可就算有，她也是无罪的。我相信，她只是跟别人闲聊，说了黛西的出游时间。可怜的女孩完全被吓蒙了——她认为责任都在自己。”她打了个寒战，“她从窗户跳了下去。哦，太可怕了！”

她把脸埋进双手中。

“她是哪国人，夫人？”

“法国人。”

“她姓什么？”

“说起来很荒谬，但我不记得了——我们都叫她苏珊娜，一个漂亮、爱笑的女孩。她全心全意照顾着黛西。”

“她是保姆，对吗？”

“是的。”

“谁是护士？”

“那个受过训练的医院护士，叫斯坦格尔伯格，她对黛西也是全心全意的——对我姐姐也是。”

“现在，夫人，我希望您仔细想一想再回答这个问题。自从您上了这列火车，有没有看见认识的人？”

她盯着他。“我？不，一个也没有。”

“德拉戈米罗夫公主呢？”

“哦，她。我当然认识她。我以为你是说那时——那时的人。”

“我正是这个意思，夫人。现在仔细想一想。很多年过去了，夫人，请别忘了，这个人的样子也许发生了改变。”

海伦娜陷入了深深的思考中。之后，她说：“不——我肯定——不认识什么人。”

“您自己——那时您还是个小女孩——没有人教导您的学习或者照看您吗？”

“哦，对，我有个监护人——类似我的家庭教师，也是索妮亚的秘书。她是个英国人，确切地说是苏格兰人，一个高大的红发女人。”

“她叫什么？”

“弗里博迪小姐。”

“年轻还是年长？”

“对当时的我来说，她老得可怕。我想她现在可能也不会超过四十岁。当然，苏珊娜一直负责照顾我的衣着和生活。”

“房子里没有其他人了吗？”

“只有仆人。”

“那么，夫人，您是否确定，非常确定，在火车上，您一个人也不认识？”

她认真地回答道：

“没有，先生，一个也没有。”

第五章　德拉戈米罗夫公主的教名

伯爵夫妇离开之后，波洛打量着另外两个人。

“你们瞧，”他说，“我们有进展了。”

“太棒了！”布克先生诚心诚意地说，“要是我，做梦也不会怀疑安德雷尼伯爵夫妇。我承认我认为他们跟此事完全无关。我想，毫无疑问是她作的案了？这真让人难过。但是，他们不会处决她的，这案子情有可原。监禁几年——仅此而已。”

“事实上，你非常肯定她有罪。”

“我亲爱的朋友——肯定是毫无疑问的吧？我看你那种让人放心的样子，好像只要等我们从雪堆里出来，警察接手此事，一切就都妥善解决了。”

“你不相信伯爵明确地坚持——以他的名誉保证——他的妻子是清白的？”

“我亲爱的——自然了——不然他还能说什么？他爱他的妻子。他想救她！他很会撒谎——一副贵族的样子。可是除了谎言，他还能说什么？”

“唔，你知道，我有个荒谬的想法，他说的可能是真的。”

“不，不。别忘了，手帕。手帕可是板上钉钉的事实。”

“哦，我不完全相信手帕的事。你记得，我总是跟你说，关于手帕的主人，有两种可能性。”

“反正——”

布克先生停住了。另一端的门打开，德拉戈米罗夫公主走进餐车，径直走向他们。三个人站了起来。

她无视其他两个人，只对波洛说道：

“我相信，先生，”她说，“你有我的一块手帕。”

波洛朝另外两个人胜利地瞥了一眼。

“是这块吗，夫人？”

他掏出了那块精致的棉纱手帕。

“就是它。角上有我名字的首字母。”

“但是，公主，这里的字母是H，”布克先生说，“您的教名——请原谅——是娜塔丽亚（Natalia）。”

她冷冷地看了他一眼。

“正是这个，先生。我手帕上的首字母是俄语，在俄语中，H 就是 N。”

布克先生有些惊讶。这个倔老太太身上有些东西让他觉得慌张和不自在。

“今天上午问您的时候您并没有告诉我们手帕是您

的。”

“你没问我。”公主冷冰冰地说。

“请坐，夫人。”波洛说。

她叹了口气。“我想，好吧。”她坐了下来。

“不需要多费唇舌了，先生们，你们下一个问题会是——我的手帕怎么会在尸体旁边？我的回答是我不知道。”

“您真的不知道吗？”

“一无所知。”

“请原谅，夫人，但是对于您的回答的真实性，我们能相信几分呢？”

波洛说这话时语气十分柔和。

德拉戈米罗夫公主轻蔑地答道：“我想你的意思是，因为我没有告诉你海伦娜·安德雷尼就是阿姆斯特朗太太的妹妹？”

“您的确在这件事上故意对我们有所隐瞒。”

“当然。而且我还会这么做的。她母亲是我的朋友。先生，我相信我是忠实的——对朋友、家人、阶层。”

“难道您不认为您应该尽最大努力伸张正义吗？”

“在这个案子中，我认为，正义——严格的正义——已经得到了伸张。”

波洛俯身向前。

“您明白我的难处，夫人。在手帕这件事上，我能相信您吗？或者您是在掩护朋友的女儿？”

“哦！我明白你的意思。”她的脸上露出了一丝冷笑，“好吧，先生，我说的话很容易证明。我会给你为我做手帕的巴黎人的地址，你只要给他们看一下那块手帕，他们就会告诉你那是我一年多前定做的。这块手帕是我的，先生。”

她站起身。

“你们还有什么要问的？”

“您的女仆，夫人，上午我们给她看的时候，她认得这块手帕吗？”

“她肯定认得。她看到了可什么都没说？啊，很好，这表示她也很忠诚。”

她微微一低头，走出了餐车。

“就是这样，”波洛轻声咕哝着，“我问女仆是否知道手帕是谁的，我注意到她有一点犹豫，她不确定应不应该承认是女主人的。但是怎么才能对应到我脑中那奇特的中心理论上去呢？没错，也许可以。”

“啊！”布克先生做了个很有特色的手势，“她真是个厉害的老太太，不简单！”

“她有可能谋杀雷切特吗？”医生问波洛。

他摇摇头。

“那些刀口——用力刺入肌肉的伤口——体质虚弱的人绝对、绝对做不到。”

"但是浅一点的伤口呢？"

"没错，浅一点的。"

"我正在想，"波洛说，"今天上午的事，当我跟她说力量存在于她的意志而非手臂的时候，这句话其实是个圈套。我想看看她是否会低下头去看自己的右臂或左臂。她不是只看了一个，而是两个手臂都看了。但是她的回答很奇怪，她说：'我一点力气也没有。真不知道该高兴还是难过。'一句古怪的话。这证实了我对这个案子的看法。"

"这并没有解决左撇子的问题啊。"

"是没有。顺便问一下，你们注意到没有，安德雷尼伯爵的手帕放在他上衣右胸的口袋里？"

布克先生摇摇头。他的思绪沉浸在刚才半小时内被揭露出来的惊人的内情中。他嘟囔着说："谎言——还是谎言。真是惊奇，今天上午我们听到了一堆谎言。"

"还会有更多发现的。"波洛兴致勃勃地说。

"你这么想？"

"不然我会很失望的。"

"这么口是心非是可怕的，"布克先生说，"可是你好像对此挺高兴的。"他带点责怪意味地补充说。

"有这么一个好处，"波洛说，"如果你用真相和说谎的人对质，通常他会承认的——往往出乎意料。只要猜对了，就能产生作用。

"这是处理这个案件唯一的方法。我依次请旅客来询问，思考他或她的证词，并且对自己说：‘如果某人在撒谎，那么他在哪一点上撒了谎，撒谎的原因又是什么？’然后我回答道：‘如果他在撒谎——请注意，是如果——只能是这个原因和在这一点上撒谎。’在安德雷尼伯爵夫人身上，这一点已经成功地得到了印证。现在我们要用相同的方法对待其他几个人。”

“如果，我的朋友，你的猜测碰巧错了呢？”

“那么至少有一个人彻底摆脱嫌疑。”

“啊！一种排除法。”

“正是。”

“那么，下一个我们要对付谁？”

“我们要对付的是那位真正的绅士，阿巴思诺特上校。”

第六章　第二次会见上校

显然，再次被叫进餐车问话令阿巴思诺特上校十分恼怒。他面色冷峻地坐了下来，说道：

"怎么了？"

"很抱歉还要麻烦您一次，"波洛说，"但是我想您还能给我们提供一些信息。"

"真的吗？我不这么认为。"

"首先，您见过这根烟斗通条吗？"

"见过。"

"是您的吗？"

"不知道。你知道，我又没在上面做私人标记。"

"您知道吗，阿巴思诺特上校，在斯坦布尔－加来车厢的旅客中，您是唯一抽烟斗的人。"

"这么说，可能是我的。"

"您知道是在哪里发现它的吗？"

"不知道。"

"在被害人的尸体旁边发现的。"

阿巴思诺特上校扬了扬眉毛。

“您能否告诉我们，阿巴思诺特上校，东西怎么会在那里出现？”

“如果你是问是不是我扔在那里的，那么，不是我。”

“您有没有进过雷切特的房间？”

“我甚至都没跟这人说过话。”

“您从未跟他说过话，也没有谋杀他？”

上校又讥讽地扬了扬眉毛。

“如果是我杀了他，我不可能对你说真话。事实上，我确实没有谋杀这家伙。”

“啊，好吧，”波洛咕哝着，“这不重要。”

“你说什么？”

“我说这不重要。”

“哦！”阿巴思诺特一脸惊讶，不安地盯着波洛。

“因为，你瞧，”这小个子男人继续说道，“烟斗通条，无关紧要。我自己还能想出十一种完美的理由来解释它的出现。”

阿巴思诺特瞪着他。

“我想见您，其实是为了另外一件事。”波洛接着说，“也许，德贝纳姆小姐已经告诉您了，我在科尼亚车站上无意中听到了她对你说的几句话？”

阿巴思诺特没有回答。

“她说：‘不是现在。等一切都结束了，等事情过去了。’您知道这几句话是什么意思吗？”

“很抱歉，波洛先生，但是我必须拒绝回答这个问题。”

“为什么？”

上校生硬地说：“我建议你还是问德贝纳姆小姐本人这些话是什么意思吧。”

“我问过了。”

“结果呢，她拒绝告诉你？”

“是的。”

“那么我想这再明显不过了——即便对你——我会守口如瓶的。”

“你不会泄露那个女孩的秘密？”

“可以这么理解，如果你愿意。”

“德贝纳姆小姐告诉我，这些话说的是她的私事。”

“那你为什么不接受这个解释呢？”

“因为，阿巴思诺特上校，德贝纳姆小姐在这起案件中可以说是非常可疑。”

“胡说！”上校激动地说。

“这并非胡说。”

“你没有任何理由怀疑她。”

“在小黛西·阿姆斯特朗被绑架的那段时间，德贝纳姆小姐是他们家的家庭教师，难道这个理由也不算吗？”

死一般的沉默。

波洛温和地点点头。

“您瞧，”他说，“我们知道的比您想的更多。如果德贝纳姆小姐是清白的，她为什么要隐瞒这个事实？她为什么告诉我她从未去过美国？”

上校清了清嗓子。“也许你弄错了？”

“我没弄错。德贝纳姆小姐为什么要对我撒谎？”

阿巴思诺特上校耸耸肩。

“你最好去问她。我还是认为你弄错了。”

波洛抬高了声音叫人。一个服务员从餐车另一端走进来。

“问问十一号房间的英国小姐，可否愿意来一下。”

“好的，先生。”

服务员走了。四个人沉默地坐着。阿巴思诺特上校的脸像是木刻的一般，僵硬且没有表情。

服务员回来了。

“那位小姐就来了，先生。”

“谢谢你。”

一两分钟后，玛丽·德贝纳姆走进餐车。

第七章　玛丽·德贝纳姆的身份

她没戴帽子，头挑衅似的向后仰着。波浪似的梳向脑后的头发和鼻子的线条，让人想到乘风破浪驶入汹涌大海的船头雕像。那一瞬间，她很美。

她看了阿巴思诺特一眼——就一眼，然后转向波洛说：“你想见我？”

“我想问问你，小姐，今天上午你为什么要对我们撒谎？”

“对你们撒谎？我不明白你的意思。”

“你隐瞒了一个事实，即阿姆斯特朗惨剧发生的时候，你正住在他们家。但你告诉我你从未去过美国。”

他看见她退缩了一下，接着又镇定下来。

“对，”她说，“这是真的。”

“不，小姐，是假的。”

“你误会了。我是说，我真的对你撒谎了。”

“啊，你承认了？”

她的嘴角挤出一丝微笑。“当然，既然你已经发现了。”

“起码你很坦率，小姐。”

“似乎也没有别的选择了。”

“哦，当然，这倒是。那么，小姐，能否问问你隐瞒的原因呢？”

“我认为原因很明显，波洛先生。”

“对我来说不明显，小姐。”

她的语气平静中带有一些坚硬：“我得生活。”

“你是说——”

她抬起眼帘，直视波洛的脸。“你要知道，波洛先生，争得一份过得去的工作有多难？你觉得一个涉嫌谋杀而被拘留的女孩，一个名字也许还有照片被刊登在英国报纸上的女孩——你觉得有哪个普通的中产阶级主妇会请这样的女孩当她女儿的家庭教师？”

“我不明白为什么不会——如果你没有责任的话。”

“哦，责任——不是责任——是报纸的宣传！迄今为止，波洛先生，我生活得还算顺利。收入很高，工作也很愉快。我不会因为不好的事而失去现在的工作。”

“恕我冒昧地提议，小姐，我才是最好的裁判，而不是你。”

她耸耸肩。

“比如，关于身份这件事，你能帮助我们。”

“什么意思？”

“你可能没有认出安德雷尼伯爵夫人，就是你在纽约教过的阿姆斯特朗太太的妹妹？”

“安德雷尼伯爵夫人？没有。”她摇摇头，“也许你觉得很不寻常——可我不认识她。你瞧，我教她的时候她还没长大。那是多年前的事了。伯爵夫人确实让我想起了某个人，这让我很困惑。但是她的样子像个外国人——我从来没把她跟那个小小的美国女学生联系起来。我只是走进餐车时偶然瞥过她一眼，况且更多的是看她的衣服，而不是脸。”她淡淡一笑，“女人就是这样！之后——嗯——我有自己的事要做。”

“你不会告诉我你的秘密，是吗，小姐？”

波洛的声音温和又有说服力。

她低声说：“我不能——我不能。”

突然，毫无预兆地，她崩溃了，整个脸埋进伸出的手臂中大哭起来，心都快碎了似的。

上校跳起来，不知所措地站在她身旁。

“我——听我说——”

他停住了，猛地转过身，怒视着波洛。

“该死的，我要把你身上的骨头都打碎！你这个卑鄙无耻的小矮子！”他说。

“先生。”布克先生抗议道。

阿巴思诺特转向姑娘。“玛丽——看在上帝的分上——”

她跳起来。“没关系，我很好。你不再需要留下我了，是吗，波洛先生？如果需要的话，你可以过来找我。哦，我真是个傻瓜——我就是个大傻瓜！”她匆匆离开了餐车。

随后，阿巴思诺特再次转向波洛。“德贝纳姆小姐跟这个案子一点关系也没有——完全无关，你听到了吗？如果你让她为难或者干扰她，我可是什么都干得出来！”他大步走了出去。

“我喜欢看生气的英国人，”波洛说，“他们很有趣，越激动越不会表达。”

但是布克先生对英国人的情绪反应毫无兴趣。他对他的朋友佩服得五体投地。

“亲爱的，你太了不起了！”他大喊，“又一个神奇的猜测。”

“你是怎么想出来这些的，太不可思议了。”医生钦佩地说。

“哦，这一次，我觉得都是理所应当的。这不是猜测。其实是安德雷尼伯爵夫人告诉我的。”

“怎么？不是吧？”

“你还记得吗，我问她教师或女伴的事？我已经认定假如玛丽·德贝纳姆小姐跟本案有关，那她肯定在他们家中担任类似的某个工作。”

“没错，可安德雷尼伯爵夫人描述的是一个完全不同的人啊。”

“正是。一个红头发的高个子中年女人——实际上，在各个方面都跟德贝纳姆小姐正好相反。为的是造成一个明显的反差。但是那时她得立刻编一个名字，她无意识的联想让她露出了马脚。你们记得，她说的是小姐。”

“是啊？”

“好吧，可能你们不知道，直到不久前，在伦敦还有家商店名叫德贝纳姆·弗里博迪。因为脑子里一直想着德贝纳姆这个名字，伯爵夫人得立刻抓住另外一个名字，第一个跳进她脑海中的就是弗里博迪。当然我马上就明白了。”

“这是另一个谎言。她为什么这么做？”

“可能更多的是忠诚。这让事情有点难办了。”

“哎呀！”布克先生愤然说道，“可是，火车上人人都在撒谎吗？”

“这一点，”波洛说，“正是我们要弄明白的。”

第八章　更多惊人内幕

“现在，没什么事能让我吃惊了。”布克先生说，“没有！就算火车的人都被证实在阿姆斯特朗家待过，我也不会惊讶。”

“这是一句很深刻的话。”波洛说，“你想不想听听你最喜欢的嫌疑人，那个意大利人，是怎么说的？”

“你又要来一次著名的猜测吗？”

“正是。”

“这真是一桩最离奇的案件。”康斯坦汀说。

“不，这是最自然不过的了。”

布克先生滑稽地挥动着双臂，失望地说：“如果你说这个是自然的，我的朋友——”他一时说不出话来。

这时，波洛已经让餐车服务员去叫安东尼奥·福斯卡雷利了。

大块头意大利人进来时眼睛里充满了警惕。他像一只被困的野兽那样紧张不安地来回打量着。

“你们想要什么！”他说，“我再没什么要告诉你们的了——没有，听到了吗？我向上帝发誓——”他拍着桌子。

“不，你还可以告诉我们一些事，”波洛坚定地说，“真相！”

“真相？”他不安地扫了波洛一眼，举止中的笃定和亲切荡然无存。

“当然，或许我已经知道了，但如果你主动说出来，对你还是很有利的。”

“你说话的口气就像个美国警察。‘老实交代。’他们就是这么说的，‘老实交代。’”

“啊，那么你跟纽约的警察打过交道了？”

“不，不，从来没有。他们不能证明我有罪——并没有上庭审判我。”

波洛平静地说：“那是关于阿姆斯特朗的案子，对吗？你那时是个汽车司机？”

他迎着意大利人的目光。大块头泄了气，就像一只被扎破了的气球。

“既然你知道了——干吗问我？”

“今天上午你为什么撒谎？”

“因为公事。另外，我不相信南斯拉夫警察，他们恨意大利人，他们不会公正地对待我的。”

“没准他们给你的正是公义！”

“不，不，我跟昨晚的案子一点关系也没有。我从来没离开过房间。那个长脸英国人，他可以告诉你。杀死那头猪——那个雷切特——的人不是我。你们无法证明我有罪。”

波洛在一张纸上写了些什么。他抬起头，平静地说：

“很好，你可以走了。”

福斯卡雷利局促不安地徘徊着。“你知道不是我？我跟这事一点关系也没有！”

“我说你可以走了。”

“这是个阴谋。你要算计我吗？所有这一切都是为了那个猪一样的、该坐进电椅的人！他没有被处死简直就是个耻辱。要是我——要是我被捕了——”

“但不是你。你跟那起儿童绑架案无关。”

“你在说什么？啊，那个小宝贝——她是全家人的欢乐。她叫我托尼奥。她会坐在车子里，假装握着方向盘。全家人都喜爱她。连警察也能理解。啊，可爱的小天使！”

他的声音柔和了起来，眼里充满了泪水。之后，他猛地转过身，大步走出了餐车。

“彼得罗。”波洛喊道。

餐车服务员跑着进来了。

“十号房间——那位瑞典女士。”

“好的，先生。”

“还有一个？”布克先生叫道，“啊，不——不可能。我跟你说这不可能。”

“亲爱的，我们必须了解这些。即使到最后，火车上的每个人都被证明有谋杀雷切特的动机，我们也得了解这些。一旦我们了解了，就能一劳永逸地找到罪恶所在了。”

“我头晕。”布克先生呻吟道。

格丽塔·奥尔松被服务员同情地带了进来。她哭得很伤心。

她跌坐在波洛对面的椅子里，一块大手帕捂着脸，不停地哭着。

“别伤心了，小姐，别难过了。”波洛轻轻拍着她的肩膀，“只是说几句真话，仅此而已。你就是照顾小黛西·阿姆斯特朗的护士，对吗？”

“是的，是真的。”可怜的女人哭泣着说，“啊，她是个天使——一个可爱、听话的天使。她只懂得爱和善良，可她被那个邪恶的人绑走了……受到了残忍的折磨。她那可怜的妈妈，还有另外一个没有出世的孩子。你们无法理解……你们不知道……如果你们像我那样也在那里，如果你们看到了那幕可怕的悲剧！今天上午我应该告诉你们真相的。但是我很害怕…… 害怕。我很庆幸那个罪恶的人死了，再也不能杀害和折磨其他孩子了！啊，我说不下去了……我无话可说了……”

她哭得更厉害了。

波洛继续温和地拍着她的肩膀。“好了，好了。我都能理解，所有的事都理解。我不再问你了。你已经承认了那些我知道是事实的事。我跟你说，我理解。”

此刻已经泣不成声的格丽塔·奥尔松站起身，摸索着朝门口走去。刚到门口就撞到了一个正走进来的男人。

是男仆马斯特曼。

他径直走向波洛，像平时那样平静、无动于衷地说道：

“希望没有打扰您，先生。我想我最好还是过来一下，先生，告诉你们真相。我是战时阿姆斯特朗上校的勤务兵，先生，后来成为他在纽约时的仆人。今天上午我隐瞒了这个事实，这是我的错，先生，所以我想还是过来说清楚的好。但是我希望，先生，无论如何都不要怀疑托尼奥。老托尼奥，先生，连个苍蝇都不会伤害。我可以发誓他昨晚整晚都没有离开房间，先生。所以，您瞧，先生，事情不是他做的。托尼奥是个外国人，先生，但是他很温和——不像那些常在报上出现的、卑劣的、杀人不眨眼的意大利人。”

他停了下来。

波洛镇定地看着他，说：“这就是你要说的吗？”

“就这些，先生。”

他停下来，由于波洛没有做声，他表示歉意地微微鞠了一躬，迟疑片刻，像来的时候那样安静谦逊地离开了餐车。

“这，”康斯坦汀医生说，“比我看过的任何侦探小说都离奇。”

“我同意。”布克先生说，“在车厢里的十二个旅客中，有九个已经证实跟阿姆斯特朗一案有关，请问，接下来怎么办？或者我应该问：下一个是谁？”

“我差不多可以给你一个答案了。”波洛说，“我们的美国侦探来了，哈德曼先生。”

“他，也是来坦白的吗？”

还没等波洛回答，美国人已经来到了桌子旁边，警惕地看了看他们，坐了下来，慢吞吞地说道：“火车上到底发生了什么？就像个疯人院。”

波洛对他眨眨眼。

“哈德曼先生，你真的不是阿姆斯特朗家的园丁吗？”

“他们没有园丁。”哈德曼先生逐字逐句地回答道。

“或者管家？”

“我不具备获得那个职位的素养和风度。不，我跟阿姆斯特朗一家一点关系也没有——但是我开始相信我是火车上唯一跟他们家没有关系的人。你吃惊吗——这就是我说的，你吃惊吗？”

“确实有点吃惊。”波洛温和地说。

“开玩笑！”布克先生忽然大叫一声。

“对于这个案子，你有没有什么想法，哈德曼先生？”波洛问道。

“没有，先生。我被打败了。我不知道怎么才能弄清楚，不可能所有的人都卷进来——但哪个人有罪，已经超出了我的理解范围。你是怎么想明白这一切的？这就是我想知道的。”

“我只是猜测。”

“那么，相信我，你是个非常聪明机灵的推测家。是的，我会告诉全世界，你是个聪明机灵的推测家。”

哈德曼先生向后靠了靠，钦佩地看着波洛。

“请原谅，”他说，“可是只看外表，没人会相信的。我佩服你，确实佩服你。”

“你太客气了，哈德曼先生。”

“一点也不。我对你深表钦佩。”

“然而，”波洛说，“问题还是没有彻底解决。我们可否确凿地说是谁杀了雷切特先生？”

“别算上我。”哈德曼先生说，“我什么都没说，只是充满了对你的钦佩。另外两个你没有猜测的人呢？那个美国老太太和她的女仆？我想我们可以认为她们是火车上唯一清白的人吧？”

“除非，”波洛笑着说，“我们可以把她们也放入这个小范围之内——应该说——阿姆斯特朗家的女管家和厨娘。”

“好吧，这世上没什么能让我惊讶了。”哈德曼先生平静而顺从地说，“精神病院——事情就是这样——精神病院！”

“啊，亲爱的，这些巧合也太离谱了，”布克先生说，“他们不可能全都卷进去啊。”

波洛看着他。“你不明白，”他说，“你完全没明白。告诉我，你知道谁杀了雷切特吗？”

“你知道吗？”布克先生反问道。

波洛点点头。“哦，是的，”他说，“我知道有段时间了。这么明显，真奇怪你们怎么还没有看出来。”他看着哈德曼，问道，“你呢？”

侦探摇摇头，好奇地盯着波洛。“我不知道，”他说，“完全没有头绪。他们中的哪一个呢？”

波洛沉默了一会儿，然后说：

“麻烦你，哈德曼先生，把所有人都集合到这里来。这个案子有两个潜在的结论。我会把这两个都告诉大家。”

第九章　波洛提出两个结论

旅客们都拥入餐车，围着桌子坐了下来。他们的表情多少都有些相似——期待中掺杂着不安。瑞典太太还在哭泣着，而哈巴特太太正在安慰她。

“现在，你得振作起来，亲爱的，一切都会好的。你一定要控制住自己。要是我们中间有个卑鄙的凶手，我们大家都知道不是你。唉，光是想一想这种事就能让人发疯。你坐在这儿，我就在你旁边——别担心。”波洛站了起来，她的声音便低了下去。

列车员在门口走来走去。“您允许我留下来吗，先生？”

“当然，米歇尔。”

波洛清了清嗓子。

“女士们、先生们，因为我知道你们都懂一点英语，所以我就说英语吧。我们来这儿是为了调查塞缪尔·爱德华·雷切特——也就是卡塞蒂——的死因。这个案子有两个可能的结论。我会把这两个都告诉大家，并请布克先生和康斯坦汀医生裁定哪一个是正确的。

“现在你们都已经了解了本案的情况。今天早上，有人发现雷切特被刺死了。昨天晚上十二点三十七分，他还跟列车员在门口说过话。我们在他的睡衣口袋里发现了一块被砸瘪的表，指针停在一点一刻上。发现尸体后，康斯坦汀医生作了检查，指出死亡时间在午夜至凌晨两点。大家都知道，晚上十二点半的时候，火车撞进了雪堆里，此后，任何人都不可能离开火车。

“哈德曼先生，是纽约侦探社的人员，”有几个人扭头看了看哈德曼先生，“他的证词说，只要有人经过他的房间（车厢尽头十六号房）他就会看到。因此，我们只能得出一个结论，凶手只能是这节车厢，即斯坦布尔－加来车厢里面的人。

“我要说，这个，就是我们的推论。”

“什么？”布克先生突然吃惊地叫出了声。

“但是我还要告诉大家另外一个推论。这很简单。雷切特先生有一个让他惧怕的敌人。他向哈德曼先生描述了这个敌人的样子，还说，如果这人要杀他，很有可能在火车离开斯坦布尔的第二个晚上下手。

“现在，我可以告诉大家，女士们、先生们，雷切特先生知道的事比他说出来的要多。这个雷切特先生预料中的敌人，在贝尔格莱德或者温科夫齐上了火车，是从阿巴思诺特上校和麦奎因先生去站台时打开的一扇门里进来的。有人给他准备了一套列车员的制服，他套在自己衣服的外面。虽然门是锁着的，但是他用一把万能钥匙打开了雷切特先生的房门。雷切特先生因为服用了安眠药，已经入睡，这个人凶狠地刺死他，然后穿过通向哈巴特太太房间的联通门，逃走了——”

“是这样的。”哈巴特太太点点头。

“经过联通门时，他顺手把刚才用过的匕首塞进了哈巴特太太的洗漱包里。他不知道自己制服上的一个纽扣掉了。然后他溜出房间，沿着过道跑掉了。匆忙之中，他把制服塞进一个空房间里的旅行箱之中。几分钟之后，他穿着普通的衣服，在火车就要开动的时候，从他上火车的那扇门——餐车附近的门——下了火车。”

每个人都倒抽一口气。

“那块表是怎么一回事？”哈德曼先生问道。

“我会把整件事情解释清楚的。在查理布罗德的时候，雷切特先生忘了要把表调慢一小时。他的表仍然是东欧时间，比中欧时间快了一小时。所以雷切特先生被刺死的时间是十二点一刻，而不是一点一刻。”

“但这个解释是荒谬的！”布克先生喊道，“差二十三分一点时房间里传出来的某个人的声音怎么解释？要么是雷切特的，要么是凶手的。”

“不一定。可能，呃，是第三个人的。他想走进房间跟雷切特说话却发现他死了。他按铃叫列车员，然后，就像你们说的那样，他害怕了，怕被指控谋杀，所以就假装雷切特说起话来。”

“有可能。”布克先生勉强同意道。

波洛看看哈巴特太太。“怎么，夫人，你想说——”

“哦，我也不知道要说些什么。你觉得我也忘了把表调慢了吗？”

“不，夫人，我认为你听见这个人经过你的包厢，但当时并没清醒过来。后来你做了个梦，梦见一个男人在你房间里，于是被惊醒了，就按铃叫列车员。”

“好吧，我想有这个可能。”哈巴特太太承认道。

德拉戈米罗夫公主直率地看了波洛一眼。“你怎么解释我的女仆的证词，先生？”

“很简单，夫人。您的女仆认出了我给她看的手帕是您的。她想掩护您，可是比较笨拙。她确实撞见了一个男人，但时间上要早一些——火车停在温科夫齐站时。她假装是在一个小时后看见的，因为她头脑混乱地想为您提供一个不在场证明。”

公主低下头。“你想得真是周全，先生，我——我佩服你。”

一片沉寂。

突然，康斯坦汀医生一拳头砸在桌子上，大家都被他吓了一大跳。

“但是，不对，”他说，“不，不，还不对！这种解释站不住脚，有很多小的漏洞。犯罪过程绝对不是这样的——波洛先生肯定很清楚。”

波洛转身惊讶地看了他一眼。“我明白，”他说，“我会告诉你我的第二个结论。但是别着急否定这一点。稍后你会同意的。”

他又转向众人。

“关于这起谋杀案，还有另外一个结论。我是这么总结出来的。

“听完所有的证词之后，我靠在椅子上，闭着眼睛，开始思考。有几点引起了我的注意。我把这几点向我的两位同事列举了出来。有些我已经解释过了，比如护照上的油渍等等。现在我来说说剩下的几点。第一点，也是最重要的一点，就是火车离开斯坦布尔后的第一天，布克先生在餐车吃午饭时说的一句话。聚集在这里的人很有意思，形形色色各不相同，来自不同的阶层和国家。

“我同意他的说法，但想到这个特点时，我试着想象这样一群人在其他条件下是否有可能聚在一起。我的答案是——只有在美国。在美国，可能有这么一个家庭，包括了这么多不同国家的人——一个意大利汽车司机，一个英国家庭女教师，一个瑞典护士，还有一个德国女仆，诸如此类。这让我产生了一个猜测的框架——就是说，像导演选角色那样，给每个人分配一个在阿姆斯特朗家中出现的角色。这不仅十分有趣，而且让我得到了一个满意的结果。

“我还用了一些奇怪的结论来检验我脑子中的每个人的证词。先说麦奎因先生的证词吧。跟他的第一次谈话非常令人满意。但是第二次的时候，他说了一句奇怪的话。我对他说我们发现了一封提及阿姆斯特朗案件的信。他说：‘可是，肯定——’然后顿了顿，又说，‘我是说——那个老头子太粗心了。’

“因此我感觉到这不是他开始想说的话。假设他原本打算说的是：‘可是，肯定已经烧了。’在这种情况下，说明麦奎因先生知道这封信，并且知道它已经被烧毁了。换句话说，他要么是凶手，要么就是凶手的同伙。很好。

“然后是男仆。他说他的主人坐火车时习惯服用一片安眠药。这可能是真的，但是雷切特昨晚吃安眠药了没有？他枕头下面的自动手枪证明仆人说了谎。既然雷切特打算昨晚加强防备，那么不管他昨晚服用了什么安眠药，他自己肯定是不知情的。谁给他服的呢？显然是麦奎因或者他的仆人。

“现在，我们看看哈德曼先生的证词。我相信他对我说的关于自己身份的情况，但是当他说起自己用来保护雷切特先生的实际方法时，他的说法多少有点荒谬。保护雷切特唯一行之有效的办法就是和他一起在房间里过夜，或者在某个能观察到他房门的地方。他的证词中说得很明白的一件事就是，其他车厢里的人不可能谋杀雷切特。这就把范围明确缩小到了伊斯坦布尔－加来车厢之中。我觉得这一点非常古怪，令人费解，我先把它放在一边。

“我无意中听到的德贝纳姆小姐和阿巴思诺特上校说的那几句话，也许此刻你们大家都已经知道了。在我看来，一个有趣的事实就是，阿巴思诺特上校叫她‘玛丽’，显然他们关系很亲近。但是阿巴思诺特上校应该是几天前才遇见她的。而且我了解上校这一类英国人——就算对她一见钟情，也会很礼貌地慢慢进展，绝不会仓促行事。因此我推断，阿巴思诺特上校和德贝纳姆小姐其实早已认识，出于某个原因才假装互不相识。还有个小问题就是，德贝纳姆小姐熟悉‘长途电话’这个词，然而她却告诉我她从未去过美国。

“下一个证人。哈巴特太太告诉我们躺在床上她看不到联通门有没有闩上，所以她请奥尔松小姐帮她看一下。那么——如果她所住房间的号码是二、四、十二，或者任何双号，在这些房间里，插销正好在门把手的下方，那她所说的绝对是真话——但是像三号这样的单号房间，插销是在门把手的上方，因此不可能被洗漱包挡住。我只好得出结论，哈巴特太太编造出了一个没有发生过的故事。

“在这里，我说几句关于时间的问题。在我看来，那块瘪了的手表，真正有趣之处在于它所在的地方——在雷切特的睡衣口袋里，一个非常不舒服、非常不适合放表的地方。况且，床头边上还有一个挂表的‘挂钩’。因此我确信那块表是故意被放进口袋里的——伪装。那么，凶案就不是发生在一点一刻了。

“会不会更早一些？确切地说，是不是一点差二十三分？我的朋友布克先生根据我被一声大叫惊醒这件事，赞成这个说法，并跟我进行争论。但是如果雷切特被下了重药，他不可能大喊。如果他能大喊，他就能挣扎着保护自己，但是现场没有任何搏斗的迹象。

“我记得麦奎因曾提醒我们注意，不是一次，而是两次（第二次非常明显），雷切特不会说法语。我得出一个结论，一点差二十三分发生的整个事件，就是专门演给我看的一出喜剧！任何人都能看穿这个手表的骗局——这是侦探小说中常见的桥段。他们认为我能看穿这个骗局，然后自作聪明地推断既然雷切特不会说法语，那么我在一点差二十三分时听到的声音就不是他的，那么雷切特肯定已经死了。但是我深信，一点差二十三分的时候，雷切特正由于安眠药的作用熟睡呢。

“可是这个把戏居然成功了！我打开门朝外看了看。我确实听见了那句法语。要是我蠢得没有意识到那句话的重要性，那么一定会有人尽力引起我的注意。必要的话，麦奎因可以直接说出来：‘抱歉，波洛先生，不可能是雷切特先生说的。他不会说法语。’

“那么，真正的作案时间是什么时候呢？还有，是谁杀了他？

“以我之见——只是个看法——雷切特被杀的时间很接

近两点钟，也就是医生给我们的时间下限。

“至于是谁杀了他——”

他顿了顿，看看他的听众。他可不能抱怨人们不关注他——每个人都紧紧盯着他，静得连一根针掉在地上都能听得见。

他缓缓地继续说道：

“要证明火车上的某一个人有罪是相当困难的，这一点让我很奇怪。每个人的不在场证明都有另外一个我觉得‘不可能’的人作证，这样一来，麦奎因先生和阿巴思诺特上校可以相互提供不在场证明，而这两个人似乎不可能之前就认识对方。英国男仆和意大利人也是如此，还有瑞典女士和英国女孩。我对自己说：‘这太不寻常了——他们不可能都卷进来！’

“然后，先生们，我忽然明白了，他们都牵涉其中。这么多与阿姆斯特朗家有关系的人，坐同一趟火车旅行，纯属巧合是不可能的：不可能。这不是偶然，而是计划好的。我想起阿巴思诺特上校关于陪审团的一句话。一个陪审团由十二个人组成——有十二位旅客——雷切特被刺了十二刀。那么，一直困扰我的事情——在一年中的淡季，一群不寻常的人挤满了斯坦布尔－加来的车厢——就解释清楚了。

“雷切特在美国逃脱了审判。毋庸置疑，他犯了罪。我想象着有十二个人自己组成一个陪审团，宣判雷切特死刑。由于情况紧急，他们不得不担任他的死刑执行人。基于这一假设，整个案子瞬间就一目了然了。

“我看到了一幅完美的镶嵌图案，每个人都扮演着分配给他或她的角色。一切都安排得如此巧妙，要是有任何人受到怀疑，其他一个或几个人就会为他澄清，并把问题搅乱。一旦有画面之外的人涉嫌犯罪，又不可能提供不在场证明，那哈德曼的证词就很必要了。斯坦布尔车厢里的旅客是不会有危险的。他们证词中的每个细节都是事先设计好的。整件事就是个设计巧妙的拼图玩具，每发现一片新的线索，案子就困难一分。正如我的朋友布克先生所说，这案子简直离奇得无法想象。而这正是作案人想要给人的感觉。

“这个结论能解释所有问题吗？是的，可以。刀伤的性质——每一刀都是由不同的人刺下去的。那些伪造的恐吓信——之所以说伪造，是因为这都是不真实的，写下来只是为了制造证据。（无疑，肯定有真的恐吓信，警告雷切特小心性命的，只是被麦奎因销毁了，用恐吓信代替了。）之后哈德曼所说的被雷切特雇用的事——当然从头到尾都是谎话。对那个神秘人的描述，小个子、深色皮肤、说话女里女气的，只是为了方便而捏造的。既不会牵扯到任何列车员，而且男女都适用。

“用刀刺这个想法，乍看之下很奇怪，可仔细一想就知道再也没有比这更适合当前情况的了。匕首是每个人都会用的武器，无论身强还是体弱，而且不会发出噪音。也许我是错的，不过我猜想，十二个人依次从哈巴特太太的房间进入雷切特黑漆漆的房间里，刺了他一刀。他们自己也不知道到底是哪一刀杀死了他。

“雷切特在枕头上发现的那最后一封恐吓信，已经被人小心地烧毁了。假如没有留下关于阿姆斯特朗一案的线索，那么警方绝对没有理由去怀疑火车上的任何一个旅客。那样就可以当成是外来的人做的，那么车上一个或更多的旅客都作证看到这个‘小个子、深色皮肤、说话女里女气’的人在布罗德下了车。

“我完全不知道当这些共谋者发现他们的部分计划因火车事故而可能无法实施时，会怎么办。我想象着，他们匆忙地商量了一下，决定继续进行。这样一来，一个或者所有的旅客都会受到怀疑，但他们早已预料到这一可能性并且有所准备。唯一需要增加的工作就是把事情弄得更乱。两条所谓的‘线索’被故意留在了死者的房间里——一条栽赃给了阿巴思诺特上校（他的不在场证明最充分，而且跟阿姆斯特朗家的关系也最难证实）；第二条，手帕的线索，栽赃给了德拉戈米罗夫公主，凭借她的社会地位，非常虚弱的体质，还有女仆和列车员的证词，她的清白无懈可击。

“为了把事情搞得更乱，他们又凭空编造了一个穿猩红色睡衣的神秘女人。我又一次为这个女人的存在作了证明。有人重重地敲了一下我的房门，我从床上跳起来向门外看过去——看到一个穿猩红色和服睡衣的人消失在远处。他们明智地选了三个人——列车员、德贝纳姆小姐和麦奎因——也见过她。我想，肯定是某个富有幽默感的人，趁我在餐车跟人交谈时，把那件睡衣放进了我旅行箱的上面一层。这件睡衣最开始是从哪里弄到的，我不知道，不过我怀疑这是安德雷尼伯爵夫人的，因为她的旅行箱里只有一件雪纺绸的长睡衣，而且太精致了，更像是喝茶时穿的，而非睡衣。

“当麦奎因第一个知道那封已经被小心烧毁的信居然还有一点没被烧毁，而且正好留有阿姆斯特朗那几个字时，他肯定立刻把这个消息告诉了其他人。就在这时，安德雷尼伯爵夫人的处境岌岌可危，她丈夫迅速采取措施涂改了护照，这是他们第二次碰到霉运！

“他们一致否认跟阿姆斯特朗家有任何关系，也知道我不可能马上找出真相，而且相信，除非我怀疑他们中间的某个人，不然不会进一步调查这件事的。

“现在，还有一点需要考虑。如果我对这个案子的推论是正确的，而且我相信肯定是正确的，那么列车员一定也知道这个计谋。但如果是这样，那凶手就是十三个人，不是十二个。与通常那种‘多个人中有一个人是有罪的’不同，我面临的是‘十三个人中只有一个是无辜的’。是哪一个呢？

“我得出一个很古怪的结论，没有参与谋杀的那个人，正是被认为是最有犯罪动机的那个人。我指的是安德雷尼伯爵夫人。让我印象深刻的是，伯爵严肃地以自己的名誉向我发誓，他妻子那晚从未离开房间时的真挚之情。于是，我认定，是安德雷尼伯爵代替他妻子做的。

“如果是这样，那么皮埃尔·米歇尔绝对是十二人中的一个。可是如何解释他的参与呢？他是个在铁路公司工作了很多年的好人，并不是那种会受贿协助谋杀的人。由此，皮埃尔·米歇尔肯定也跟阿姆斯特朗一案有关。可这看起来不太可能。后来我想到那个死了的保姆是个法国人。假定这个不幸的女孩是皮埃尔·米歇尔的女儿，那一切都解释得通了——这也可以解释谋杀地点为何选在火车上。还有谁扮演的角色不是很清晰呢？我把阿巴思诺特上校当作阿姆斯特朗家的一个朋友。他们可能一起经过了战争。女仆，希尔德嘉德·施密特，我能猜到她在阿姆斯特朗家的职位。也许是我太贪吃了，但是我本能地感觉她是一个好厨娘。我给她设下了一个圈套——她上当了。我说我知道她是个好厨娘。她回答道：‘真的，没错，我的女主人们都这么说。’但是如果你是个女仆，你的主人很难有机会知道你是否是个好厨娘。

“然后是哈德曼。他似乎肯定不是阿姆斯特朗家里的人，我只能想到他跟法国女孩恋爱过。我跟他说起外国女人的迷人之处——再一次得到了我一直寻找的反应——他的泪水夺眶而出，可他却假装说雪太刺眼了。

“还剩下哈巴特太太。现在，哈巴特太太，请允许我说，在这出戏剧中你扮演了最重要的一个角色。由于房间就在雷切特的隔壁，因此她的嫌疑比其他人都大。照道理说，她没有什么不在场证明。为了演好她要扮演的角色——一个非常自然的、有些荒谬可笑的、宠爱女儿的美国母亲——确实需要一个艺术家。然而有个艺术家跟阿姆斯特朗一家关系密切：阿姆斯特朗太太的母亲——琳达·阿登，一个女演员……”

他停了下来。

接着，响起了一个柔和、梦幻般的声音，跟在这次旅行中所用的声音截然相反，哈巴特太太说话了：

“我总是幻想自己能演喜剧。”

她继续梦幻般地说道：

“洗漱包的安排是个疏忽。这表明事先应该排练一下。我们来的时候曾经演示过，我想那时我在一个双号房间里。我从未想过插销的位置会有所不同。”

她稍稍移动了下身子，直视着波洛。

“你全都知道了，波洛先生。你是个了不起的人。可就算是你，也无法想象那种感受——纽约那可怕的一天！我悲痛欲绝，仆人们也是。阿巴思诺特上校也在那儿。他是约翰·阿姆斯特朗最好的朋友。”

“战时，他救过我的命。”阿巴思诺特上校说。

“那时我们当场决定（也许我们都疯了，我不知道）一定要执行卡塞蒂逃过的死刑。我们有十二个人——或者说十一个。当然，苏珊娜的父亲远在法国。开始我们打算抽签决定由谁来执行。但是最后我们还是决定用现在这个方法。这是汽车司机安东尼奥提议的。后来玛丽和麦奎因详细拟定了各种细节。他一直很敬慕索妮亚——我女儿，是他向我们详细解释了卡塞蒂是如何用钱逃脱死刑的。

“完善整个计划花费了很长时间。我们首先得了解雷切特的行踪，最后哈德曼做到了。接着我们想方设法让他雇用马斯特曼和赫克托——或者至少是其中一个。嗯，我们做到了。然后我们跟苏珊娜的父亲商量了一下。阿巴思诺特上校很支持十二个人合作，他想把事情做得更加合乎规则。他不喜欢用刀刺这个主意，但他同意这么做能省掉大部分麻烦。而且，苏珊娜的父亲也表示愿意。苏珊娜是他唯一的孩子。我们从赫克托那里得知，雷切特早晚要乘坐东方快车从东边回来。因为皮埃尔·米歇尔就在那趟车上工作，真是时不可失。而且，这也是个不牵连外人的好方法。

“当然，我女婿也知道了，他坚持陪她坐这列火车。赫克托设法让雷切特选择了米歇尔值班这天的火车。我们打算把斯坦布尔－加来车厢上的所有铺位都包下来，可遗憾的是，有个铺位被订走了，是留给公司董事的。‘哈里斯先生'当然是假的。但是如果赫克托的房间里有个陌生同伴会很尴尬。于是，在最后一刻，你来了……”她停了停。

“好啦，”她说，“现在你全都知道了，波洛先生，你打算怎么办？如果必须把事情公之于众，你能不能把责任都推给我，让我独自承担呢？我情愿自己刺了那人十二刀，这不仅仅是因为他要对我女儿还有她孩子的死负责，还要对另一个原本可以幸福快乐生活的孩子负责。不仅如此，在黛西之前，还有别的孩子被绑架过，而且将来还可能会有其他人。社会给他定了罪，我们只是执行判决。但是没必要把其他人也牵扯进来。所有这些善良忠诚的人——还有可怜的米歇尔，还有玛丽和阿巴思诺特上校——他们都深爱彼此……”

她的声音极其动人，回响在拥挤的空间中——这个低沉、富有感情、振奋人心的声音，感动了纽约许多的观众。

波洛看看他的朋友。

“你是公司的董事，布克先生，”他说，“你要说些什么？”

布克先生清清嗓子。

“我的意见是，波洛先生，”他说，“你提出来的第一个推论是正确的——确实如此。我建议，南斯拉夫警察到达时，我们把这个结论提交给他们。你同意吗，医生？”

“当然同意，”康斯坦汀医生说，“至于医疗证据，我想——呃——我会提一两个奇妙的建议。”

“那么，”波洛说，“我的解决方案已向大家说明，我可以荣幸地退出此案了。”

图书在版编目（CIP）数据

东方快车谋杀案 ： 精装纪念新版 /（英）阿加莎·克里斯蒂著 ；郑桥译 . —— 5 版 . —— 北京 ：新星出版社，2025.5

ISBN 978-7-5133-5027-3

Ⅰ . ①东… Ⅱ . ①阿… ②郑… Ⅲ . ①侦探小说－英国－现代 Ⅳ . ① I561.45

中国版本图书馆 CIP 数据核字 (2022) 第 154912 号

午夜文库
谢刚 主持

东方快车谋杀案（精装纪念新版）

[英] 阿加莎·克里斯蒂 著；郑桥 译

责任编辑：王　欢　　**统筹编辑**：王　欢
责任印制：李珊珊　　**封面插图**：宣　和
装帧设计：周伟伟

出版发行：新星出版社
出 版 人：马汝军
社　　址：北京市西城区车公庄大街丙3号楼　100044
网　　址：www.newstarpress.com
电　　话：010-88310888
传　　真：010-65270449
法律顾问：北京市岳成律师事务所

读者服务：010-88310811　service@newstarpress.com
邮购地址：北京市西城区车公庄大街丙 3 号楼　100044

印　　刷：北京天恒嘉业印刷有限公司
开　　本：889mm × 1092mm　1/32
印　　张：9.5
字　　数：106千字
版　　次：2025年5月第5版　2025年5月第1次印刷
书　　号：ISBN 978-7-5133-5027-3
定　　价：65.00元